꿈의 근육

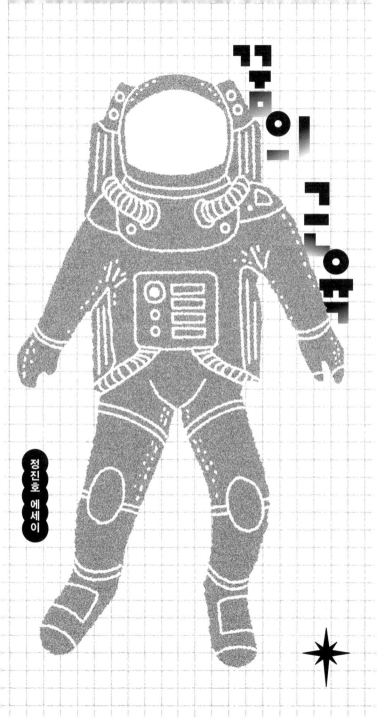

꿈의 근육

정진호 에세이

정진호 작가와 고정순 작가가
일 년 동안 주고받은 삶에 대한 생각들을
모은 편지 형식의 에세이입니다.

차례

✳

달과 폭죽

달

사실 고백하자면, 저는 달을 터뜨릴 뻔한 적이 있어요. 정말로요.

전 달이 왜 차고 지는지 고민하던 소년이었어요. 그 소년은 자라서 대한민국 공군 비행단에서 국방의 의무를 지게 됐죠. 제가 소속된 부대는 비행 훈련에 필요한 잡무들을 처리하는 곳이었는데, 여름에는 주로 활주로에 출몰하는 새들을 쫓았어요. 새들을 쫓는 게 별건가 싶지만, 사실 굉장히 체계적으로 움직이는 일이에요. 꽹과리나 징으로 시끄러운 소리를 내거나 독수리 같은 맹금류 모형을 활주로 주변에 설치하고, 위협을 알리는 새소리를 녹음해서 틀어 놓기도 하죠. 저는 인상이 믿음직하단 이유 하나만으로 가장 위험한 폭죽 발사 요원이 되었어요. 받침대에 폭죽을 설치하고, 라이터로 불을 붙인 다음 심지가 다 타기 전 재빨리 달려가 귀마개를 끼는 일을 여름 내내 반복했어요.

슈웅 —————

쾅!!

폭죽이 터지면 활주로로 넘어오던 새들은 혼비백산하여 흩어졌어요. 하루에만 백 발을 쏜 적도 있었죠. 그런 날엔 한동안 아무 소리도 들을 수 없었어요. 웅- 하는 울림음이 귓속에 한참 남아 있거든요. 간혹 야간 훈련이라도 잡힌 날엔 한밤중에도 새들을 쫓으러 나가야 했어요.

보름달이 밝았던 어느 여름밤, 굉음을 울리며 출동하는 전투기 뒤에서 저는 당혹스러웠어요. 하늘에서 새들을 찾아 폭죽을 겨누어야 하는데, 낮과 달리 조준할 만한 게 전혀 보이질 않았거든요. 그래서 저는 새 대신 달을 과녁 삼아 폭죽을 쏘아 올렸어요. 이러다 내가 달을 박살 내진 않을까 걱정하면서요. 다행히 제가 달을 파괴하지 못했던 건 달이 멀리 있었기 때문일 거예요.

Houston, Tranquility Base here.
The Eagle has landed.
휴스턴, 여기는 고요의 기지.
독수리가 착륙했다.
- 1969년 7월 20일 20:17:58, 닐 암스트롱

안타깝게도 1969년의 달은 충분히 멀지 못했어요.

인류에게 가까스로 닿을 만큼의 거리였어요. 최초로 달에 도착한 아폴로 11호는 이틀 동안 달에 머물렀어요. 더 정확하게는 21시간 36분 동안 달에 정박했죠. 선장인 닐 암스트롱과 조종사 버즈 올드린은 달 착륙선 '독수리'호를 타고 달에 착륙해 깃발을 꽂고 모래와 달 암석을 채취했어요. 이 장면은 텔레비전으로 생중계되어서 6,000만 명이 그 모습을 지켜봤고요. 아폴로 11호가 가져온 달 조각들을 면밀히 분석한 과학자는 이렇게 결론 내렸죠.

'달의 겉면에는 현무암, 사장암, 각력암의 세 가지 암석이 존재한다. 그리고 달에는 생명체가 살지 않는다.'

수천만 명이 유심히 화면을 지켜보았지만, 달 토끼를 보았다는 사람은 아무도 없었어요. 달에는 아무도 살지 않는다는 과학자의 말은 진실이었을까요? 그럴지도 모르죠. 이후 달에 갔던 아폴로 12호와 14호는 약 30시간, 15호는 67시간, 16호는 71시간, 17호는 75시간을 달에서 보냈거든요. 만약 달에 생명체가 있었다면 무려 나흘이나 달에 머물렀던 아폴로 17호가 놓칠 리 없었을 거예요.

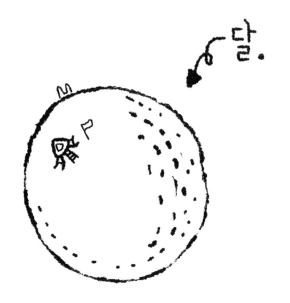

달.

고대인들은 지금을 사는 우리보다 훨씬 예민한 영혼을 가지고 있었다고 해요.

베어 낸 곡식 더미에서 비명 소리를 들을 정도로요. 그들은 닿을 수 없었기 때문에 달을 사랑했어요. 아무도가 보지 못했기에 달은 거짓말쟁이의 마지막 보루가 되었지요. 달의 정체는 그 누구도 뺏을 수 없는 영역이었어요. 얼마나 많은 이야기와 환상에서 달이 배경이 되어 주었을까요? 달은 찬란한 보석 덩어리였을 수도 있고, 치즈였을 수도 있어요. 어쩌면 소녀와 토끼의 집일 수도 있었겠죠.

1969년에 인류는 폭죽이 아니라 '착륙'으로 달을 파괴하려 했어요. 닐 암스트롱의 역사적인 첫 발걸음은 달에 날린 치명적인 발차기가 되었고, 달 착륙을 눈으로 지켜보던 6,000만 명 중 누군가는 영원히 달의 신비를 잃어버렸어요. 하지만 그 모든 것이 다 사라졌다고 말하고 싶진 않네요.

저는 달이 왜 차고 지는지가 궁금하던 소년이었어요. 저처럼 하늘을 꾸준히 올려다본 사람은 누구나 그런 의문을 가질 거예요. 달은 미련하리만큼 똑같은 일을 반복하니까요. 가득 찬 달은 반드시 이지러지고, 꼭 그만큼 다시 차오르죠. 달의 그런 반복은 달과 지구, 태양이라는 세 천체의 복잡한 얽힘에서 생겨나는 것이에요.

달은 자전하면서 지구 주위를 공전하고, 지구도 자전하면서 태양 주위를 공전하고 있다. 이런 복합적인 회전 체계 속에서 달이 태양과의 관계 하에 일회전 하는 시간, 즉 달 시간으로 잰 하루는 지구 시간의 약 27.3일에 해당한다. 거꾸로 말하면 지구 시간으로 하루는 달 시간으로 53분보다 조금 모자란 시간이다. 결국 아폴로 11호는 달 시간으로는 약 47분밖에 체재하지 않았던 것이고, 최장 체재 기록을 가지고 있는 아폴로 17호도 2시간 45분밖에 머무르지 않았던 것이다.

– 다치바나 다카시, 《우주로부터의 귀환》 중에서

1969년은 달에게 아주 위험한 해였어요. 하지만 닐 암스트롱도 버즈 올드린도 결국 달을 파괴하진 못했어요. 아무도 달 토끼를 찾지 못한 이유는 그곳에 신비가 없었기 때문이 아니라, 우리가 너무 일찍 떠나 버린 탓이에요. 가장 오래 머무른 아폴로 17호도 달 시간으로는 새벽에 도착해 아침이 오기 전에 떠나 버렸거든요. 지구인은 달에서 나흘을 머물렀지만, 달의 생명들에겐 새벽에 찾아와서 미처 알람이 울리기도 전에 훌쩍 가 버린 이상한 손님이었어요. 달 토끼가 눈 비비고 일어날 때까지 지구인은 기다리지 못했어요. 1969년의 인류는 엄밀히 따지자면 겨우 47분만 달을 봤을 뿐이죠. 제가 그 여름밤, 아무리 폭죽을 쏘아도 달이 터지지 않았듯 달의 이야기는 아직 끝나지 않았어요.

오늘 밤엔 예쁜 손톱달이 걸렸어요. 오늘은 몇 명이나 달을 올려다보았을까요?

여전히 우리가 달을 바라본다면 그건 바로, 거기에 아직 닿지 못한 이야기가 남았기 때문일 거예요. 전 적어도 그렇게 믿고 싶어요.

달을 터뜨릴 뻔한 사람이 할 소린 아니지만요.

지구가 멸망하지 않은 이유를 설명해 줄게 ✳ 사랑

사랑을 고민하는 밤에 사랑에 대한 편지를 써요.

연인들은 흔히 '왜'라는 질문을 하죠. 왜 날 사랑해? 왜 내가 좋아? 왜, 왜, 왜. 하지만 지금까지 제가 겪은 사랑들을 면밀히 검토해 본 결과, 전 도저히 사랑의 이유를 설명할 수 없단 결론에 이르렀어요. 사랑은 '왜?'라는 질문에 대답하지 않아요. 갑자기 돋아난 여드름처럼 어디선가 찾아와서 우릴 미치게 할 뿐이죠. 게다가 사랑은 도무지 납득할 수 없는 엉뚱한 짓을 하게 만들어요. 같은 노래를 오백 번씩 반복해서 듣거나, 비를 쫄딱 맞아 가며 오직 한 사람을 몇 시간이나 기다리는 짓이요. 그러니 사랑에 대해 확실하게 말할 수 있는 것은 단 하나, 사랑에는 특정한 맥락이 없다는 거예요. 가수 10cm는 사랑의 맥락 없음을 이렇게 노래했어요. '사랑은 은하수 다방 문 앞에서 만나 홍차와 냉커피를 마시며 매일 똑같은 노래를 듣다가 온다.'고요. 꼭 홍차와 냉커피가 아니라 콜라나 레모네이드를 먹다가도, 김건모 노래를 듣다가도 사랑은 찾아와요. 우리는 목적 없이 사랑하고 이유를 모른 채 사랑해요. 그러니 사랑 앞에서 이토록 무기력할 수밖에 없는 거예요. 대응할 수도, 대비할 수도 없으니까.

그럼 도대체 이 맥락 없는 사랑의 역할은 무엇일까요? 언젠가 찰스 다윈의 사촌 동생인 프랜시스 골턴의 일대기를 읽다가, 전 사랑이 세상을 구원했다는 것을 깨달았어요. 골턴은 통계학, 인류학, 기상학 등 다방면에서 활약했던 학자였어요. 사촌 형만큼이나 호기심이 넘치는 인간이었죠. 어느 날 골턴은 식사 중에 유달리 커다란 완두콩을 하나 발견했어요. 커다란 콩을 쥔 채로 골턴은 이런 생각을 해 봤대요. '다윈의 이론에 입각하여 볼 때, 이 완두콩의 크기 유전자가 다음 세대로 이어져서 더 큰 콩을 낳고, 또 다음 세대가 더 큰 콩을 낳는다면 언젠가 무한히 큰 콩이 될 수 있을까?'라고요.

참 이상한 사람이죠? 그런데 골턴은 단순히 생각에만 그치지 않았어요. 직접 수천 개의 콩을 심고, 7개의 집단으로 나누어 관찰한 결과 완두콩의 크기는 결국 평균으로 수렴한다는 것을 발견했어요. 이걸 통계학적으로 '평균으로의 회귀'라 부른다네요.

그래서 프랜시스 골턴의 이야기가 사랑과 세상의 구원이랑 무슨 상관이냐고요? 아직도 모르겠다면 제가 지은 두 편의 시를 살짝 보여 드릴게요.

〈지구는 결국 멸망할 거예요〉

선생님! 책에서 본 건데요.
큰 콩이랑 큰 콩이 결혼하면
더 큰 콩을 낳는대요.

그럼 더 큰 콩이랑 더 큰 콩이 결혼해서
더더 큰 콩을 낳고

더더 큰 콩이랑 더더 큰 콩이
더더더 큰 콩을 낳으면
언젠가는 진짜진짜진짜 큰 콩이 태어나겠죠?

그러면 우리 모두
진짜진짜진짜 큰 콩에 눌려서
지구만 한 그 콩에 깔려서
지구는 결국 멸망할 거예요.

　　아이의 말처럼 지구는 결국 멸망할지도 몰라요. 하
지만 다행히도 아직 진짜진짜진짜 큰 콩은 등장하지 않

지구 멸망 자폭 버튼

앉죠. 어째서 아직 멸망의 콩이 태어나지 않았을까요?

〈지구가 멸망하지 않은 이유를 설명해 줄게〉

민수야! 잘 들어 봐.
작은 콩이랑 작은 콩이 결혼해서
더 작은 콩을 낳았대.

더 작은 콩이랑 더 작은 콩이
더더 작은 콩을 낳고

더더 작은 콩이랑 더더 작은 콩이
더더더 작은 콩을 낳았지.
이렇게 진짜진짜 작은 콩이 태어난 거야.

어느 날 진짜진짜 작은 콩이 길을 가다
진짜진짜 큰 콩을 만났어.
둘은 보자마자 사랑에 빠졌고
결혼해서 그냥 콩을 낳았단다.

알겠지?
지구가 멸망하지 않은 것은

다 사랑 때문이란다.

아시겠어요? 그건 사랑 때문이었어요. 사랑은 우리가 이해할 수 없는 방식으로 세상을 구원해요.

어떻게 오늘 우리는 무사히 눈뜰 수 있었을까요? 밤 사이 지구를 파괴할 음모를 꾸미던 악당이 야식 배달원과 사랑에 빠진 덕분에 '지구 멸망 자폭 버튼'을 누르지 못했거든요. 안전히 횡단보도를 건널 수 있는 것도, 편안히 누워 만화책을 볼 수 있는 것도, 견과류를 마음껏 삼킬 수 있는 것도 알고 보면 다 사랑 때문이에요. 우리 마음에 숨은 부정적이고 악랄한 상상들은 참 힘이 세죠. 그것들이 일제히 우릴 덮친다면 지구는 진작 망했을 거예요. 하지만 누군가 고양이에게 시선을 빼앗겼기 때문에, 진한 키스를 나눈 덕분에, 황홀한 노을에 넋이 나간 바람에 그 상상들은 현실로 침범하지 못했어요.

이렇게 생각하면 사랑에 맥락이 없다는 게 얼마나 다행인가요. 만약 논리적 근거를 갖추고, 이유와 목적을 명확히 설명할 수 있어야만 사랑할 수 있다면 우리는 아무도 사랑하지 못했을 거예요. 따지고 잴 것 없이 사랑 앞에서 힘없이 무장 해제 당한 날들을 기억하죠. 사랑 앞에는 '그러니까' 보다는 '그럼에도'가 와야 해요. 도무지 설명할 수 없고, 이해할 수 없음에도, 우린 사랑하니까요.

전 이런 사랑의 고백들이 오늘도 지구를 지켜 준다
고 믿어요.

19년 6시간 1분의 기다림

＊ 초능력

대한민국 민법은 만 19세부터를 성년으로 규정해요.

법적으로는 19세를 넘으면 어른 취급해 주겠단 거죠. 하지만 편의점에서 마음껏 맥주를 사 마시거나 운전면허를 딸 수 있다고 해서 자신을 어른이라 여기는 사람은 많지 않을 거예요. 법적 기준과 별도로 우리에겐 어른임을 자각하는 아주 모호하고 사적인 기준이 있거든요. 첫 월급으로 부모님 선물을 사거나 장례식장에 입고 갈 양복을 다림질하다 문득, 어른이 된 자신을 발견하는 거죠. 그 순간이 언제 찾아올진 아무도 모르지만, 아마도 그날을 정확히 기억하는 사람은 드물 거예요. 저는 법적 기준보다는 조금 늦게, 하지만 지금 생각하면 꽤 일찍 어른이 되었어요. 그리고 희한하게도 정확하게 그날과 장소를 기억하고 있죠.

2012년 2월 17일, 아마도 금요일. 몹시 추웠고 바람이 세차게 불던 대전광역시의 상공에서, 전 어른이 되었어요.

2012년에 저는 공과 대학 건축학과를 다니던 대학생이었고, 1년간 휴학 중이었어요. 꿈에 그리던 건축가의 사무실에서 7개월간 인턴으로 일했는데, 그 끝에는 악착같이 모은 300만 원과 건축을 향한 허무함과 환멸만이 남았죠. 인턴을 그만두고, 갖고 싶었던 신형 자전거를 사서 밤새 한강을 달렸어요. 입도 뻥긋하기가 싫어져서 길상사 템플스테이에서 묵언 수행을 하기도 했고요. 하루는 김연수 소설에 나온 것처럼 일부러 지하철 2호선을 타고 서울을 한 바퀴 돌아보기도 했어요. 소설 내용처럼 내선 순환선 같은 동그란 꿈을 꾸고 싶었지만, 잠도 오질 않고 허리만 부러질 듯 아팠어요. 현실과 소설은 다르더라고요. 그렇게 하루하루 시간을 축내며 지내던 중에 갑자기 대전이 생각났어요. 시험이 끝나자 불현듯 떠오른 정답처럼 대전은 제 머릿속을 맴돌았죠. 가만히 세어 보니 마지막으로 대전에 가 본 게 무려 19년 전이었어요. 저는 곧장 동서울 버스 터미널로 가서 대전행표를 한 장 샀어요. 19년 전인 1993년, 대전에 두고 온게 생각났거든요.

1993년 대전은 꿈의 도시였어요. 상상이 현실로 찾아온 곳이었죠.

축구공처럼 생긴 극장에선 360도로 우주를 체험할

수 있었어요. 묘기를 부리는 로봇과 변신하는 자동차도 있었고요. 손끝만으로 번개를 일으키거나 비행선을 타고 차세대 악당들을 무찔러 볼 수 있었어요. 첨단 과학을 향한 희망과 마스코트였던 노란색의 꿈돌이, 93미터 높이의 한빛탑이 거기 있었어요. 그리고 그 무엇과도 비교할 수 없었던, 자기 부상 열차가 있었죠. 당시 대전은 초능력이 공기처럼 떠돌았어요. 누구든지 손만 내밀면 그 초능력에 접속할 수 있었어요. 대신 줄은 길게 서야 했지만요. 인기가 가장 많았던 자기 부상 열차 관에서 무려 여섯 시간을 기다렸지만, 저는 결국 그 열차를 타지 못했어요. 드러눕고, 떼쓰고, 엉엉 울어 봤지만 결국 부모님 손에 이끌려 집에 돌아가는 차에 타야 했어요. 분이 풀리지 않아, 차 안에서도 운전석을 발로 차며 징징댔죠. 꽉 막히는 경부 고속 도로 안에서 저는 탈진해 버렸어요. 대전 엑스포에서 헛걸음치고 돌아온 후유증은 상당했어요. 그 시절 제 꿈인 과학자를 포기해 버렸으니까요.

저는 19년 전 마땅히 탔어야 할 그 열차를 타러 간 거예요. 버스 터미널에서 택시를 갈아타고 행선지를 말하자, 기사님은 굳이 거길 뭐하러 가냐더군요. 목적지에 도착하자 그 말이 무엇인지 이해할 수 있었어요. 21세

자기 부상 열차

기에 찾아간 대전 엑스포 공원은 빛바랜 사진첩 같았어요. 관리가 제대로 안 된 건물들엔 먼지가 한가득 앉았고, 수많은 인파들로 북적이던 공원 길엔 황량함과 쓸쓸함만 남아 있었죠. 자기 부상 열차도 없어진 게 아닐까 걱정하며 승강장을 찾아갔더니 다행히 열차는 운행 중이었어요. 승강장 앞으로 끝없이 늘어섰던 줄 대신 달랑 세 명의 승객만 기다리고 있었지만요. 열차가 준비되는 사이 승무원은 자석 모형을 이용해 자기 부상의 원리를 설명했어요. 1분가량의 설명이 끝나자, 드디어 자기 부상 열차가 모습을 드러냈어요. 1993년에 6시간 줄을 섰고, 2012년엔 1분을 기다렸으니 저는 총 19년 6시간 하고도 1분 만에 이 열차를 타게 된 셈이에요.

자기 부상 열차는 노련한 신사처럼 우아하고 느긋하게 승강장으로 들어왔어요. 19년 전 그토록 기대하던 열차에 올랐는데, 좀 이상한 기분이 들더라고요. 오랜 꿈에서 멀어지고 무엇을 해야 할지 몰라 방황 중에, 갑작스레 떠오른 어린 시절 기억에 의존하여 대전까지 찾아와 이젠 아무도 찾지 않는 열차를 탄 기분? 그걸 뭐라 불러야 할까요. 이상하고 오묘한 감정에 휩싸인 저를 태우고 자기 부상 열차의 비행이 시작되었어요. 열차는 제가 기대했던 것보다 훨씬 낮고 상상했던 것 이상으로 느리

게 움직였어요. 특유의 공명음에 머리가 조금 아팠지만, 밤새 자전거를 타거나 묵언 수행을 하는 것보단 나았어요. 몇 분간의 짧은 비행이 끝나고 열차가 멈추자, 처음의 이상한 감정은 어느새 상쾌한 기분으로 바뀌어 있었어요. 열차에서 내리는 그 순간, 전 이제 어른이 되었다는 걸 알았어요. 19년 6시간 1분의 기다림이 헛된 건 아니었어요. 인턴을 그만두고 고민하던 문제를 자기 부상 열차가 답해 주었거든요. 이제 무엇을 해야 할까? 절 사로잡고 있던 오랜 꿈에서 해방되었으니 어디든지 갈 수 있고, 무엇이든 할 수 있다는 걸 깨달았어요.

그날 서울로 돌아가는 버스 안에서 전화 한 통을 받았어요. 인턴으로 일했던 회사 선배에게서 걸려 온 전화였어요. 선배가 말하길, 아는 사람이 갑작스럽게 유학을 떠나는 바람에 계약 기간이 남은 작업실을 괜찮은 조건으로 빌려줄 수 있다더군요. 망설이지 않고 그 작업실에 들어가겠다고 대답했죠. 무엇이든 제가 푹 빠져들 만한 것을 찾게 되리란 확신이 들었어요. 덕분에 저는 싼값으로 몇 달간 작업실을 꾸릴 수 있었고, 그곳에서 처음으로 그림을 그리고 그림책을 만들기 시작했어요.

1993년의 저는 무슨 초능력을 원했던 걸까요?

자기 부상 열차를 그토록 타고 싶었으니, 아마 조금이라도 날아 보고 싶었나 봐요. 2012년 제가 어른이 된 그날, 저는 하늘을 나는 법을 배웠어요. 그 비행이 기대했던 것보다 낮고 상상했던 것 이상으로 느릴지라도, 정말 원하는 곳으로 날아가는 법을 배웠어요.

시작하는 우리들에게

＊ 시작

자랑은 아니지만 저는 스케이트를 꽤나 잘 타요. 어린 시절에 제대로 시설을 갖춘 스케이트장에서 몇 개월 배웠거든요. 빙상장의 차가운 공기와 연습이 끝난 뒤에 먹던 컵라면이 참 좋았어요. 조금씩 코너링에 익숙해질 무렵, 그만 스케이트장에 큰불이 나고 말았어요. 다행히 쉬는 날이라 인명 피해는 없었지만, 제 스케이팅의 길은 거기서 끝나 버렸죠. 만약 그때 제대로 코너링을 마스터할 수 있었다면 저는 전혀 다른 사람이 되었을지도 몰라요. 또 어쩌면 낭만적인 우쿨렐레 연주자가 됐을 수도 있죠. 유럽 배낭여행에서 얼마 남지 않은 여행 자금을 몽땅 털어 우쿨렐레를 살 때만 해도 저는 연주자가 되고 싶었어요. 지금은 그 우쿨렐레가 어디 있는지도 모르겠어요. 대학 소극장에서 친한 선배의 공연을 보고 난 뒤에는 저도 연극 동아리에 가입했어요. 그리고 어쨌을까요? 이후 한 번도 가질 않았어요. 이 기회에 당시 동아리 사람들에게 사과의 말을 전하고 싶네요. 아마 저는 삼 개 국어를 자유자재로 구사하는 사람이나 스쿼트 백

개 정도는 손쉽게 해치우는 운동광이 됐을지도 몰라요. 하지만 그렇게 되지 않았죠. 무엇이든 시작한 것을 끝까지 해내지 못하는 이유를 전부 불이 난 스케이트장의 탓으로 돌리고 싶어요.

전 이렇게 시작한 것을 중간에 멈추는 일에 큰 흥미를 가지게 됐어요.

그러다 만 그림이 더 아름다워 보이고, 자르다 만 머리 스타일이 더 멋있어 보이는 사람이 된 거죠. 시작하는 것보다 제대로 끝내는 일이 더 어렵다는 걸 일찍 깨달은 거예요. 이 나쁜 버릇은 지금까지도 절 괴롭히고 있어요. 시작만 해 두고 더 나아가지 못하는 이야기, 반쯤 그린 그림들, 결국 해결하지 못한 프로젝트가 산더미처럼 쌓여 있죠. 그 미완의 작업들이 주는 압박감은 절 비참하게 만들어요. 무턱대고 시작한 자신을 원망하고 제때 끝내지 못한 스스로를 비난하죠. 이렇게 자괴감이 절 삼켜 버릴 때마다 도움을 받는 영화 한 편이 있어요. 이미 수십 번은 보았지만 지금도 여전히 제게 큰 위안을 주는 영화, 이완 맥그리거와 멜라니 로랑 배우가 열연한 〈비기너스〉예요.

우리 부모님은 1955년에 결혼하셨다. 아버지는

박물관 관장이었고 어머니는 집수리업자였다.
두 분은 외아들을 뒀고, 44년간 결혼 생활을
유지하다가 어머니가 돌아가셨다. 암 진단을 받은
지 4개월 만이었다. 어머니는 끼니마다 토스트만
드셨고, '텔레토비'를 매일 보셨다. 빨대와 담배를
혼동했고, 옛날 기억은 온통 뒤죽박죽이었다.
어머니가 죽은 지 반년 후 아버지는 내게 자신이
게이라고 밝혔다. 막 75세가 된 참이었다.
– 영화 〈비기너스〉 중에서

〈비기너스〉는 제목 그대로 시작하는 이들의 이야기
예요. 주인공인 올리버는 어머니의 죽음과 아버지의 커
밍아웃, 그리고 곧이어 아버지의 죽음도 맞이해요. 큰
슬픔에 직면한 그는 모든 관계를 거부하고 극단적으로
조용한 사람이 되죠. 하지만 파티에서 만난 애너 덕분에
올리버는 조금씩 달라져요. 영화는 올리버가 다시 삶의
의욕을 되찾고 아버지를 이해하게 되는 과정을 설득력
있게 그려 내요. 그리 유명한 영화는 아니지만, 〈비기너
스〉를 본 사람들은 조용하면서도 감성적인 이 영화의 매
력에 푹 빠지더라고요. 저는 감독인 마이크 밀스가 영화
를 위해 직접 그린 드로잉북도 가지고 있는데, 그 책을
보면 이 사람도 저랑 비슷한 부류라는 생각이 들어요.

비기너스

팝콘

책 속에는 제대로 완성된 그림이 하나도 없거든요. 그리다 만 것 같은 인물화와 선만 대충 그려 둔 풍경화가 잔뜩 실린 기막힌 작품집이죠. 하지만 저는 이 드로잉북에서 따뜻한 목소리를 들을 수가 있어요. '완벽한 시작이나 끝은 없다. 어쩌면 마무리나 결과는 영원히 오지 않을지도 모른다. 하지만 서툴게 시작하는 것만으로 큰 의미가 있다.' 마이크 밀스 감독은 절 이렇게 위로해요.

이 글을 쓰기 전에 오랜만에 영화를 다시 봤어요. 너무 많이 본 탓에 굳이 집중하지 않아도 모든 장면들이 머릿속에 훤히 들어오는데, 이번에는 유독 영화의 마지막 대사가 좀 새롭게 느껴지더라고요. 자격지심에 애너를 떠났던 올리버가 결국 다시 애너를 찾아가 재회하게 되는 장면에서 둘은 이런 대사를 주고받아요.

"이제 어떡하지?"

"나도 몰라."

그리고 함께 웃으며 영화가 끝나요.

엔딩 크레디트가 올라가는 동안 마지막 대사들을 따라 읊조려 보는데, 가만 보니 이게 수년간 제 자신에게 했던 질문들과 비슷한 거예요. '너 이제 어떡할래?'라던가 '이렇게 일만 벌여 놓고 무슨 수로 수습할 거야?' 같은 질문들이요. 그리고 드디어 이 질문에 제대로 된 대답을 찾았어요.

　나도 몰라.

　'시작'은 설레고 기분 좋은 말이지만, 불안과 초조한 말이기도 해요. 저처럼 끝까지 이어 가지 못한 수많은 시작점을 가진 사람에겐 후자의 의미에 더 가까워요. 무엇이든 새로 시작하려면 겁부터 나고, 끝내지 못한 일들이 스트레스가 되어 찾아오는 불안한 상상을 해요. 하지만 오늘만큼은 영화에서 배운 말로 이 불안감을 날려 버리고 싶네요.

나도 몰라!

　저처럼 시작한 일을 끝내는 게 힘든 순간이 있다면 이 마법의 말을 빌려 드릴게요. 한번 시원하게 외쳐 보세요. 분명히 효과가 있어요.

　사실 이 글을 쓰면서도 여러 번 외쳤거든요. 그랬더니 결국 이렇게 끝나게 되더라고요.

영혼의 원석

* 어린이

전 인터뷰에서 여러 번, 작가가 되어 가장 행복한 일로 독자를 만나는 순간을 꼽았어요.

그중에서 더욱 특별한 독자가 있죠. 바로 어린이예요. 제 첫 강연은 2015년 봄, 작은 어린이 도서관에서 열렸어요. 그곳에서 아이들과 함께 《위를 봐요!》를 읽고 그림을 그렸어요. 첫 강연을 하는 작가가 걱정됐는지 출판사 편집자와 마케터도 옆에서 제 강연을 지켜보고 있었어요. 보는 눈이 많아선지 너무 떨리더라고요. 긴장한 탓에 준비해 간 내용을 제대로 전달하진 못했지만, 아이들은 크게 웃어 주었어요. 그 웃음은 아직도 생생히 제 기억 속에 남아 있어요. 책이 세상에 나오는 순간부터 작가가 된다지만, 저는 독자를 만났을 때 비로소 작가가 태어나는 거라 생각해요.

그 뒤로 6년간 바쁘게 독자들을 만나 왔어요. 어린이뿐 아니라 청소년과 대학생, 성인 독자와도 만났죠. 독자들과 만나는 시간은 모두 소중하지만, 그래도 저는 어린이 독자와의 만남이 가장 기다려져요. 아이들은 제 자신이 누구인지, 그리고 무엇이 절 만들어 왔는지 분명히 알게 해 주거든요. 《소피의 세계》의 저자인 요슈타인 가아더는 우리가 어디로 가는지 알고 싶다면 어디에서 왔는지부터 되돌아봐야 한다고 말했죠. 어린이들과의 시간은 제가 어디서 왔는지 되돌아볼 수 있는 소중한 기회예요. 우리는 한때 모두 어린이였으니까요.

> 넌 환생을 믿어? 많은 사람이 전생을 얘기하지. 특별히 믿진 않더라도 대부분은 영혼의 존재를 부정하진 않아. 내 생각은, 5만 년 전에는 인구가 백만도 안 됐는데, 만 년 전엔 인구가 2백만이 되었고 지금은 50, 60억이 되었어. 우리 모두가 각자의 특별한 영혼을 갖고 있다면 이 영혼들은 어디서 온 걸까? 지금의 영혼들은 영혼의 조각이 아닐까? 5만 년 전의 영혼이 5천 개씩 나눠진 거지. 5만 년은 지구의 시간으로 한순간과도 같아. 그러니 우리는 아주 작은 조각의 사람들이지.
> – 영화 〈비포 선라이즈〉 중에서

영화 〈비포 선라이즈〉에서 에단 호크는 우리 영혼은 조각에 지나지 않다고, 그 원석은 5만 년 전 사람들의 영혼이라 말하죠. 하지만 전 우리 영혼의 원석은 바로 어린이들이라 말하고 싶어요. 한 아이 안에 얼마나 많은 조각들이 들어 있을까요? 그 아이는 자신이 될 수 있는 어른 수백 명치의 영혼을 품고 있어요. 그래서 저는 영혼의 고향인 어린이들에게서 제 모습을 발견해요. 어린이의 생각과 어린이의 상상력과 어린이의 웃음이 한때 나에게도 있었다니! 그걸 확인할 때마다 마음이 걷잡을 수 없이 두근거리죠.

예를 들어 그림책 수업 시간에 만화책을 몰래 읽고 있는 아이를 보면서 이런 기억 속으로 빨려 들어가요.

제가 어린 시절, 부모님은 항상 바쁘셨어요.

빈손으로 시작해 집이며, 자동차며, 남들이 보기에 번듯한 가정을 일구어 냈으니 부모님께도 그럴 만한 사정이 있었겠죠. 대신 집에 남겨진 누나와 저는 할 만한 일이 별로 없었어요. 봤던 책을 또 읽거나 텔레비전을 보는 게 다였죠. 가끔 식탁 위에 2, 3천 원이 놓여 있을 때가 있었어요. 그걸로 아이스크림을 사 먹거나 오락실을 갈 수도 있었지만, 우리의 선택은 항상 만화책방이었어요. 가장 효과적으로 시간을 보낼 수 있는 곳이었으니까요. 제 기억으로는 만화책방에 앉아서 읽는 건 100원, 빌려 가는 건 200원이었어요. 2천 원이 있다면 책방 안

순정 만화

에서 만화책을 스무 권이나 볼 수 있었죠. 《타이의 대모험》이나 《드래곤볼》 오리지널 시리즈를 절반쯤 독파할 수 있는 양이었어요. 하지만 만화 선택권은 제게 없었어요. 돈을 쥔 자는 언제나 누나였으니까요.

저는 딱 한 권만 선택할 수 있었어요. 누나가 나머지 19권을 빌려서 첫 권을 보는 동안만 허락된 한 권이었던 거예요. 저는 신중해질 수밖에 없었어요. 만화책방을 빙빙 돌고 돌며, 아이의 힘으로는 밀기 힘든 삼중 서가를 여러 번 옮겨 가며 책을 골랐어요. 그렇게 심혈을 기울여 고른 제 취향의 만화책 한 권을 읽고 나면, 나머지 19권은 순정 만화를 읽어야 했죠. 그래서 제 감수성은 5%의 소년 만화와 95%의 순정 만화로 이뤄져 있어요. 언젠가 누나는 제가 작가로 데뷔할 수 있었던 건 어릴 때부터 순정 만화로 감수성을 교육시킨 자신의 덕이라 주장한 적이 있는데, 차마 부정할 수 없더군요. 저도 누나를 따라 순정 만화에 홀딱 빠져 버렸으니까요. 그 시절 저는 황미나와 김진, 신일숙의 열렬한 팬이었어요. 《아르미안의 네 딸들》을 읽다가 주인공인 레 샤르휘나의 이름이 어찌나 예쁘고 멋지던지 공책에 그 이름을 수십 번 따라 써 보곤 했어요. 《바람의 나라》를 읽다가 1권부터 주인공인 연이 죽어 버리는 충격적인 내용에 놀라고, 연을 그리워하는 무휼의 애타는 독백을 따라 눈물을 참는 법도 배웠어요.

이런 추억에 잠겨 만화책을 읽던 아이를 물끄러미 쳐다봤더니 화들짝 놀라며 만화책을 책상 안으로 숨기더라고요. 저는 보고 있는 게 무슨 만화책인지 물어 보며 대화를 시도했어요. 요즘 어린이들은 이떤 만화를 좋아하는지 질문했더니 아이는 금세 눈을 반짝이며 자기 이야기를 하기 시작했어요.

어린이도 조각에 불과한 어른에게서 자신의 모습을 발견해요. 아이들은 상대방이 자신과 같은 영혼을 지녔다는 것을 알 때 빛나는 눈을 보여 주죠. 저는 수많은 어린이들과의 만남을 통해 겨우 이걸 깨쳤어요. 지금은 아이들에게 어찌하면 나도 너희와 같은 영혼을 가졌노라, 전달할지 고민하고 있어요.

전 한 사람 안에 얼마나 다양한 영혼이 숨 쉬는지 알아내는 방법도 배웠어요.

누군가 특별히 아이들에게 인기가 많고, 어린이들이 곁에서 웃음을 자주 터뜨린다면 저는 확실히 이야기할 수 있어요. 저 사람은 영혼이 아주 풍부하다고 말이에요.

최고의 자유

✳

자유

일 년 내내 콧물을 달고 사는 처지라 이 시대의 질병은 '비염'이라 멋대로 단언한 적이 있어요. 해마다 찾아오는 황사며 날이 갈수록 심해지는 미세 먼지가 더 많은 비염을 생산하고 있다고 주장했죠. 그런데 알고 보니 제 비염의 원인은 황사도, 미세 먼지도, 꽃가루도 아닌 바로 제 코에 있었어요. 칠 년 전쯤, 콧물 때문에 이비인후과를 찾았다가 이 사실을 알게 됐어요. 제 콧구멍을 면밀히 관찰하던 젊은 의사는 심드렁한 목소리로 이렇게 말하더군요.

"코 안이 심하게 휘어 있네요. 알고 계시죠?"

조금 과장을 보태서 부모님이 물려주신 오똑한 코 하나를 평생의 자랑으로 여기며 살아온 터라 의사의 말을 믿을 수가 없었어요. 떨리는 목소리로 설명을 요구했더니 의사는 제 코의 실상을 자세히 얘기해 줬어요. 코 내부를 양쪽으로 가르는 '비중격'이란 부위가 크게 휘어진 탓에 제 왼쪽 콧구멍이 거의 막힌 상태라고 했어요. 이 때문에 비염이 생겼고, 앞으로 점점 심해질 것이란 말도 덧붙였죠. 의사는 간단한 수술로 고칠 수 있다며 수술을 권했지만, 저는 처방전만 받아 도망치듯 병원을 빠져나왔어요. 콧속이 휘었다는 걸 알고 나자 괜히 신경이 쓰였지만 수술은 하지 않았죠. 그사이 이자가 불듯 제 기관지는 차곡차곡 새로운 실환들을 직립해 갔어요. 그렇게 벌써 칠 년이란 시간이 흘렀네요. 병의 원인을 알고도 수년이나 방치한 저를 미련하다 생각할지 모르겠어요. 하지만 제게 수술은 그리 쉽게 결정할 문제가 아니었어요.

제가 처음 수술을 받은 것은 두 살 때예요.

압력 밥솥 뚜껑에서 뿜어지던 증기가 신기했던지 두 살배기 아기는 밥솥에다 손을 대고 말았어요. 울음소리에 놀란 어머니가 황급히 제 손을 떼어 냈지만, 이미 오른손 중지와 약지의 피부는 녹아 버렸어요. 그 후로 십사 년에 걸쳐 수차례 피부이식 수술을 받아 왔죠. 뼈가 자라는 속도에 맞춰 피부를 늘려 주지 않으면 손가락이 굽기 때문에 지속적으로 수술을 받아야만 했어요. 일곱살 때 손가락 두 개가 서로 떨어졌고, 열여섯 살에 마지막 수술을 마치고 나서야 오른손을 완전히 펼칠 수 있었어요.

여러 차례 받은 수술의 후유증인지 지금도 오른손은 자주 욱신대요. 환상통의 일종이죠. 작은 바늘이 손가락을 콕콕 찔러 대는 느낌이 들어요. 게다가 제 오른손은 좀 징그럽기도 해요. 엉덩이와 허벅지, 귀 뒤에서 살을 떼다가 붙였기 때문에 여러 색깔과 질감의 피부가 덕지덕지 붙어 있어요. 열여섯 살 이후로 다시는 수술을 받지 않겠다 결심하며 살아왔기에 아무리 간단한 치료라도 수술을 마음먹기 쉽지 않았어요.

제 결심을 바꾼 건 아내였어요. 지난 몇 년간 아내는 절 수술대로 끌고 가기 위해 갖은 애를 썼죠. 비중격 치료를 받은 지인을 만나 보게도 하고, 수술 후에 비염과 코골이에 차도가 있었다는 후기들을 열심히 퍼 날랐어요. 전 결국 칠 년 만에 그 노력에 넘어가고 말았어요. 마음의 결정을 내리자마자 아내가 미리 물색해 둔 이비인후과를 찾아갔어요. 푸근한 인상의 의사 선생님은 현재 코 상태가 나쁜 만큼, 수술 후에는 호흡이 많이 편해질 거라며 용기를 북돋아 주었죠. 그리하여 전 생일을 며칠 앞두고 스스로에게 주는 선물로 비중격 교정 수술을 받았어요.

수술 후 사흘간은 이루 말할 수 없는 고통의 시간을 보냈어요. 제 발로 병원을 찾아가 수술을 예약했던 과거

수술받음

코피

의 저를 두들겨 패고 싶었어요. 코 안에 거즈와 솜을 꽉 채우고 붕대로 감은 탓에 코로는 단 한숨의 공기도 들이킬 수 없었죠. 입으로만 호흡을 해서 입안은 가뭄 든 논바닥처럼 쩍쩍 말라붙었고요. 게다가 목으로 뭐든 넘길 때마다 기압 조절이 되질 않아 귓속이 미친 듯 울렸어요. 예상보다 길어진 수술과 전신 마취의 후유증으로 소화 불량에다 소변도 제대로 볼 수가 없었어요. 한마디로 말해 총체적 난국. 물놀이 장비를 차고 72시간 동안 강제로 잠수를 하고 있는 기분이었어요. 당연히 잠도 못 자고, 밥도 제대로 못 먹으니 회복되어야 할 몸 상태는 자꾸 악화되어 갔고요. 추가 진료를 위해 병원에 가려면 선별 검사소에서 코로나 검사까지 받아야 했죠. 코를 막아 둔 탓에 콧속으로 넣어야 하는 검사용 면봉을 목젖에다 찔러 넣었는데, 저는 아직까지도 그 면봉을 저주하고 있어요.

천둥이 몰아쳐도 결국 한 송이 국화꽃은 핀다지요.

　전쟁을 방불케 했던 격전의 사흘이 지나고 드디어 나흘째 아침이 밝았어요. 병원 문을 열자마자 찾아간 진료실에서 전 자유의 참된 의미를 깨달았어요. 그 어떤 역사 교과서도 가르쳐 주지 못한 생생한 자유의 감각을 저는 몸소 체험했어요. 의사 선생님의 위대한 핀셋이 제 코에 박힌 거즈를 빼내었을 때, 전 '숨 쉬기'의 자유가 정치적 자유, 사상적 자유, 표현의 자유, 그런 것들보다 훨씬 더 소중하다고 고백할 수밖에 없었어요. 코로 공기가 드나들다니! 코로 숨이 쉬어지다니! 세상에 이보다 더 멋진 일이 어디 있겠어요? 참된 자유를 맛보기 위해서라면 혁명보단 비중격 수술을 강력하게 권하고 싶네요.

지금은 수술 후 몇 주가 흘렀어요. 상처도 많이 아물었고 콧속에 넣어 둔 플라스틱 고정대도 빼낸 뒤라 왼쪽 콧구멍으로 원활히 공기가 드나들고 있어요. '며칠만 고생하면 신세계가 열린다', '진작 수술할 걸 그랬다'던 후기들은 거짓말이 아니었어요. 저는 요사이 공기의 자유를 만끽하며 코로 냄새 맡는 즐거움까지 누리고 있어요. 다들 지금껏 이런 세상에서 살고 있었다고 생각하니 조금 분하기도 해요. 음식을 먹어도 나보다 맛있었을 것이고, 달리기를 해도 나보다 호흡이 훨씬 편했을 거잖아요. 지금이라도 콧구멍의 자유를 쟁취해 낸 것이 얼마나 다행인지요. 앞으로 더 많은 것들을 즐기며 살아야겠어요. 다시 찾아가 볼 맛집 리스트를 정리하고 있어요. 오늘따라 유난히 홍차 향이 향기롭군요. 콧속 자유 만만세입니다!

추신1.

온갖 주접을 떠는 절 간호한 아내에게 심심한
위로와 무한한 고마움을 전합니다.

추신2.

아쉽게도 콧대가 더 높아지진 않았답니다.

남은 한 알

* 커피

전 커피를 마시지 않아요.

어린이 신문의 열렬한 독자였던 시절, '커피를 마시면 이가 노래지고 입 냄새가 심해진다'는 기사를 본 뒤부터 커피를 입에 대지 않았어요. 그래서 커피를 권하는 상대에게 대신 따뜻한 물 한 잔을 부탁하는 법을 익혔죠. 자취방을 계약하러 들렀던 부동산에서, 휴학계를 내러 찾아간 학과 행정실에서, 그림책 인쇄소 쪽방에서도 이렇게 커피를 피할 수 있었어요. 그날도 마찬가지였죠.

그날 저는 한 건물 회의실에 앉아 있었어요. 독자적인 디자인과 엄격한 품질 관리로 인지도를 얻은 커피 브랜드, T사의 사무실이었어요. 손수 커피를 타 주겠다며 무슨 원두를 좋아하는지 물어보는 팀장에게 전 평소처럼 커피를 마시지 않으니 대신 따뜻한 물을 달라고 했어요. 그 순간, 옆에 앉아 있던 제 친구는 경악에 찬 눈빛으로 절 보더라고요. 당시 우리는 T사의 의뢰를 받아 커피의 역사를 애니메이션으로 제작하고 있었고, 그날은 첫 미팅이 있던 날이었거든요. 앞으로 숱하게 커피를 연구하고 그려 내야 할 사람이 정작 커피를 마시지 않는다고 선언한 셈이니 지금 생각해 보면 조금 무례한 일이었어요.

모두가 취업에 매진하던 대학교 졸업반 시절, 건축학과 실습실 한구석에 이상하리만큼 낙관적인 학생 몇 명이 모였어요. 우리는 이 모임을 '거지 모임'이라 불렀어요. 다른 친구들이 토익을 준비하고 기업 면접을 보러 다닐 때 우리는 거지처럼 살더라도 정말 하고 싶은 것만 하자며 다짐했던 모임이었어요. 거지 모임 멤버들은 건축이라는 전공과 별로 어울리지 않는 꿈을 가지고 있었어요. 자신만의 게임을 만들고 싶던 친구와 사라지는 재건축 단지들을 사진으로 남기던 친구, 다큐멘터리 감독을 꿈꾸며 공모전을 준비하던 친구, 그리고 그림책을 만들고 있던 저까지요.

하지만 현실은 만만치 않았어요. 거지 모임이란 이름답게 대부분 멤버들은 학교를 졸업하고 갖은 고생을 했어요. 꿈만으로는 생계를 유지하기가 참 어렵더라고요. 하고 싶은 일을 포기하거나 대학원에서 새로운 공부를 시작한 친구도 있었어요. 당시 저도 당장의 생활비를 감당하기가 벅찬 상태였어요. 운 좋게 그림책 한 권을 출간 계약했지만, 신인 작가의 계약금은 한 달 치 생활비도 못 될 수준이었어요. 작가가 되겠다며 호기롭게 독립을 선언한 상황이니 부모님께 손을 벌릴 염치도 없었죠. 그나마 건축을 전공한 덕분에 종이 지도를 컴퓨터로 옮기는 아르바이트를 얻을 수 있었어요. 깨알 같은 지도의 선들을 옮겨 그리느라 정작 그림책에 집중할 시간이 모자랐어요.

거지 모임 중에서 다큐멘터리 감독을 꿈꾸던 친구만은 다른 멤버들과 달랐어요. 당시는 각종 영상 콘텐츠의 수요가 급증하던 때였어요. 그 친구는 공모전에 수차례 수상하며 착실히 포트폴리오를 모으더니, 생계를 넉넉히 책임질 만큼 일거리를 쌓아 두었더군요.

마침 여러모로 돈이 절실했던 상황에서 그 친구에게 연락을 받았어요. 자신이 T사에서 받은 의뢰를 같이 해 보자는 제안이었죠. 눈물이 날 만큼 고마웠어요. 저의 사정을 잘 아는 그 친구 눈에는 세상 물정에 어두운 제가 참 한심해 보였을 거예요. 겨우 잡아 준 일거리에 처음부터 초를 쳤으니까요. 다행히 제가 커피를 마시지 않아도 계약은 별 문제없이 성사됐어요. 회의를 마치고 산더미 같은 자료집을 받아 집에 돌아왔죠. 수천 장의 종이에는 커피의 발견부터 세계로의 전파, 한국 커피 시장의 성장까지 커피의 역사가 빼곡히 나열되어 있었어요.

제 역할은 그 수천 장의 자료를 알기 쉽고 보기 좋게 정리하여 그림으로 그려 내는 일이었어요. 마치 커피 원두에서 한 잔의 에스프레소를 뽑아 내는 것처럼요. 놓칠 수 없던 기회였기에 며칠 밤을 새우며 작업에 몰두했어요.

9세기 에티오피아의 한 목동이 발견하며 시작된 커피의 역사는 커피 무역의 중심지였던 모카 항구와 네덜란드 상인의 목숨 건 커피 밀수, 제국 시대의 커피 식민지와 미국의 보스턴 차 사건으로까지 이어졌어요. 전 방안에서 커피 종자를 따라 시간과 공간을 관통하는 여행을 떠났어요. 일주일 만에 자료를 정리하여 글로 써 냈고, 다시 그 글을 장면으로 나누어 삼 주간 그림으로 그렸어요. 한 달 만에 완성된 결과물을 감독 친구에게 보냈더니 작업 속도에 놀라더군요. 한시라도 빨리 그림책으로 돌아가야 한다는 생각에 저도 모르게 손이 빨라진 거예요. 이렇게 마련한 생활비로 전 그림책에 온전히 집중할 몇 개월의 시간을 얻었어요. 다시 그림책 작업을 시작했을 때 얼마나 기뻤는지 몰라요. 마치 긴 여행 끝에 겨우 집으로 돌아온 기분이 들었어요.

페넬로페의 침대에 누운 오디세우스는 비로소

깨달았을 것이다. 그토록 길고 고통스러웠던 여행의
목적은 고작 자기 자신으로 돌아오기 위한 것이었다.
– 김영하, 《여행의 이유》 중에서

트로이 전쟁에서 승리한 오디세우스는 귀향길에 지난한 모험을 겪죠. 살아남기 위한 처절한 노력이란 점에서 저의 모험도 고대의 서사시 못지 않았어요. 외눈박이 거인을 상대하지 않았지만, 대신 눈알이 빠질 만큼 복잡한 지도를 베껴 그렸어요. 아르고호의 원정길보다 훨씬 복잡한 커피의 전파 루트도 꼼꼼히 파악해야 했고요. 오디세우스가 겨우 자기 자신으로 돌아오기 위해 수많은 모험을 겪었던 것처럼, 제 모험의 목적도 오로지 그림책으로 돌아오는 것뿐이었어요. 이후로도 저는 끊임없이 새로운 모험을 떠나야만 했어요. 아파트 홍보용 책자에 그림을 그리면서도, 인테리어용 조각상에 패턴 작업을 하면서도, 도시 재건축 프로젝트에서 벽화를 그리면서도 전 결국 그림책으로 다시 돌아왔어요. 그곳이 바로 제가 있을 자리였으니까요.

숱하게 커피를 공부하고 그린 덕분에 커피가 만들어지는 과정도 자연스레 알게 됐어요. 커피콩은 여러 번 쪼개진 다음에야 우리가 아는 커피 원두의 모습이 되더군요. 꿈을 좇는 사람이라면 누구나 커피콩 신세예요. 수차례 자신감이 쪼개지고 자존감이 박살 나는 경험을 해야만 원두가 될 수 있어요. 원하는 일을 하기 위해 원치 않는 일들을 견디고 좌절을 버텨야만 해요. 그렇게 버티고 버텨 결국 껍질이 다 벗겨질 만큼 힘겨운 모험이 끝나면 남은 것은 겨우 작은 알갱이 하나예요. 그게 바로 진짜 나, 내가 돌아가야 하는 나 자신이에요. 그리고 그 알갱이 하나가 놀랍도록 그윽한 향을 내죠.

지금도 세상의 창작자들은 무수히 많은 밤을 커피와 함께 지새우겠죠. 전 비록 커피를 마시지 않지만 그 향과 맛이 어떤지 알고 있어요. 커피 없이 밤새웠던 그 밤들이, 내가 나로 돌아가기 위해 몸부림쳤던 그 시간들이 제게 알려 줬어요.

언제고 내가 돌아갈 자리가 되어 준 나의 고향, 그림책에게 무척 고마워요.

슈퍼 티처

✳ 위로

얼마 전, 자정이 다 된 시간에 고 작가님께 메시지를 하나 보냈어요. 그날은 정말 힘든 날이었거든요. 계획한 일들은 다 틀어지고, 걱정했던 문제는 나쁜 쪽으로만 흘러갔죠. 이불을 뒤집어쓰고 고래고래 소리를 질렀어요. 침대 위로 발을 세차게 굴러 봐도 날카롭게 세워진 감정의 칼날은 조금도 무뎌지지 않았어요. 도저히 잠을 잘 수 없어서 방에 돌아와 책상 앞에 앉았는데, 문득 고 작가님이 떠올랐어요. 알아요, 너무 늦은 시간이었단 걸. 하지만 이미 손가락은 도와달란 글씨를 쓰고 있었어요. 고 작가님은 메시지를 받자마자 전화를 주셨어요. 제 이야기를 듣고 있던 작가님의 숨소리가 전화기 너머로 들렸어요. 그 소리가 어찌나 위로가 되던지, 덕분에 전화를 끊고선 바로 잠들 수 있었어요. 고 작가님, 그날 정말 고마웠어요. 굳게 이야기를 들어 줘서, 따뜻하고 차분하게 대답해 주어 고마워요.

덕분에 제가 삶의 고비마다 만나 온 선생님들이 떠

올랐어요. '선생님', 전 이 단어가 참 좋아요. 그대로 풀이하자면 '먼저 살아 본 사람'이잖아요. 나보다 먼저 살아 본 이들이 진심으로 건네는 말은 큰 위로가 되죠. 그날 작가님은 제게 선생님이었어요. 먼저 살아 본 당신의 말들이 제겐 고통을 이길 힘이 되었어요. 다시 한번 고마워요. 먼저 살아 주셔서.

열세 살 때, 제 일기에 소중한 답장을 해 준 선생님이 계셨어요.

그 일기의 날짜를 기억해요. 1999년 6월 25일에 쓴 일기였어요. 그날 마이클 잭슨이 한국에 와 엄청난 규모의 콘서트를 열었으며, 신문에는 하필 6·25전쟁일에 콘서트를 하냐는 기사가 실렸어요. 많은 사람들이 텔레비전 생중계로 그 콘서트를 봤을 거예요. 전 콘서트의 하이라이트인 〈Earth Song〉 무대가 정말 인상 깊었어요. 무대 전광판에 거대한 지구가 나타나더니, 이어 불타는 숲과 베어지는 나무, 전쟁으로 고통 받는 아이들이 번갈아 등장했어요. 갈라지는 철제 다리와 탱크, 군인, 꽃을 든 소녀가 나와 서로 화해하고 안아 주는 울림이 큰 무대였죠. 그 가운데서 마이클 잭슨은 울부짖듯 평화와 사랑을 노래했어요. 저는 그 노래를 듣고 노스트라다무스의 예언이 틀리기를 간절히 빌었어요. 1999년이었잖아요.

화성 침공설이나 3차 세계대전, Y2K설 같은 온갖 멸망의 시나리오를 저 같은 어린이도 줄줄 외고 있던 해였어요. 그리고 그날 밤 일기장에 죽음과 멸망, 끝의 두려움을 굉장히 두서없이 적어 내려갔어요.

담임 선생님은 중년의 여자 분이셨는데, 일기를 제출하면 끝에 한두 마디의 의견을 더해서 돌려주셨어요. 주로 '재밌었겠구나!', '다음부터 더 조심하면 어떨까?' 같은 상투적인 말들이었죠. 그런데 그날 적었던 일기에는 몇 페이지에 걸친 긴 글이 달려 있었어요. 제가 어른에게 받아 본 가장 긴 편지였어요. 선생님은 자신의 경험을 써 주셨어요. 멸망은 믿지 않지만, 자신도 죽음은 여전히 두렵고 무섭다는 이야기였어요. 어린 시절에 어머니가 돌아가신 기억, 아버지마저도 교사로 부임하고 얼마 안 있어 세상을 떠나셨다는 내용도 있었죠. 사실 무슨 내용인지는 별로 중요하지 않았어요. 나보다 삶을 한참이나 먼저 살아 본 어른이 자신의 경험을 진심으로 보여 주었다는 게 더 중요했어요. 게다가 선생님이 지구는 멸망하지 않을 거라 또박또박 써 주신 문장을 보니 어찌나 안심이 되던지. 운동장 구석, 정글짐 꼭대기에 앉아 그 편지를 여러 번 읽어 봤어요. 글씨체는 정갈했고, 푸른색 볼펜으로 쓴 색깔마저도 좋았어요.

소행성

슈퍼
티처

스물일곱 살에는 특이한 선생님을 만났어요.

　건축학과 졸업반에 만났던 지도 교수님이었어요. 당시 그림책과 건축의 기로에서 고민하고 있던 저에게 그분은 엄청난 힘이 되어 주셨죠. 교수님은 일 년간 제게 똑같은 말밖에 하질 않았어요. "좋다." 제가 과제를 어떤 방식으로 해 가도 '좋다.'로 시작해서 '좋다.'로 끝났죠. 설계도 대신 그림을 그려 가도 좋다, 건축 모형 대신 그림책을 만들어 가도 좋다, 심지어 진행이 막혀서 아무 것도 가져가지 않아도 좋다고 하셨어요. 일 년 동안 내 모습을 무조건 긍정해 주는 선생님과 지냈던 경험은 참 특별했죠. 결국 전 제가 하고 싶은 대로 졸업 작품을 만들어 갔고, 그림책을 전시해서 건축학과를 졸업한 최초의 학생이 됐어요. 물론 제 졸업 작품을 둘러싼 논란은 있었지만, 어떤 고마운 선생님이 그걸 막아 주셨어요.

　졸업 전시회가 끝나고 교수님을 따로 만날 기회가 있었어요. 그때 일 년간 제가 얼마나 큰 응원을 받았는지 솔직히 고백했어요. 교수님은 슬그머니 휴대폰을 들더니 노래를 하나 틀어 주시더라고요. 본인이 40년 전 대학 가요제에 나가서 불렀던 노래라고 하셨죠. 별다른 말은 없었지만 그 속에 담긴 의미는 읽을 수 있었어요. 나중에 후회하지 말고 지금 네가 하고 싶은 일을 하라는 것이었어요. 당신이 이미 후회한 경험이 있기 때문에 저에게 무조건 '좋다.'고 할 수밖엔 없었나 봐요. 정말 끝까지 멋진 선생님이었어요.

돌이켜 보면 삶의 결정적 순간마다 제 곁엔 먼저 살아 본 누군가가 있었어요. 고 작가님이 걸어 준 전화가 그걸 깨닫게 해 줬죠. 사실 전 지금까지 항상 받기만 해서 괜히 찔리기도 해요. 저도 불쑥 걸려 온 전화에 단단한 목소리로 위로를 건넬 줄 아는 사람이 되고 싶어요. 그러려면 많은 걸 경험하고, 지금의 삶을 충실히 살아 내야 하겠죠. 그렇게 쌓아 간 시간과 경험을 드리워 언젠가 저도 누군가의 선생님이 되어 줄 거예요.

멸망의 예언을 막아 내고, 한 사람이 계속 꿈을 이어 갈 수 있게 하는 그런 선생님이요.

한여름 밤의 습격

✳ 여름

사람들에게 좋아하는 계절을 골라 보라면, 여름을 선택하는 사람이 가장 적지 않을까요? 여러모로 불쾌한 점이 많은 계절이니까요. 여름이 무척 뜨거운 대구에서 태어난 저도 학창 시절 내내 여름을 미워하며 살았어요. 교실 천장에 달린 선풍기가 어찌나 천천히 돌아가던지. 교복에 땀이 차는 것도, 모기의 습격도, 더운 바람에 실려 어딘가 비릿한 냄새가 나는 것도 싫었어요. 장마철마저도 유달리 길었던 고향의 여름은 정말이지 지긋지긋했죠. 하지만 하룻밤 사이 모든 게 달라졌어요. 어느 여름밤, 단 몇 시간 만에 전 그토록 싫어하던 여름을 단숨에 좋아하게 됐어요. 마치 셰익스피어의 〈한여름 밤의 꿈〉 같았던 날. 지금부터 제가 겪었던 믿지 못할, 글로 옮기면서도 피식피식 웃음이 나는 그날의 전모를 들려 드릴게요.

제가 다닌 고등학교 옆에는 큼지막한 저수지가 있었어요. 저수지 크기만큼이나 둑도 길고 높아서 여름철이면 파릇한 잔디가 뒤덮이는 그곳을 학생들은 '텔레토비 동산'이라 불렀어요. 전 점심을 먹고 나면 텔레토비 동산에 나가 종종 산책을 하곤 했어요. 저수지에 괜스레 돌을 던져 넣거나 반대편을 향해 고함을 지르기도 하며 스트레스를 풀었죠. 저수지와 산 사이에 있던 학교라, 가장 가까운 피시방이나 오락실도 걸어갈 엄두가 안 날 거리에 있었어요. 그래서 텔레토비 동산이 학생들에겐 놀이터이자 휴식처였어요. 그날의 사건도 바로 이 동산에서 시작됐어요.

너무할 정도로 더웠던 7월의 어느 날, 야간 자율 학습 시간이었어요.

더위 탓인지 반 아이들 대부분은 별 의욕이 없었어요. 짧은 저녁 시간을 틈타 축구를 하고 돌아온 녀석들은 이미 뻗어 자고 있었고, 그날따라 지친 선생님도 평소처럼 열심히 학생들을 감시하지 않았어요. 다들 문자 메시지를 보내거나 노래를 들으며 빨리 야간 자율 학습이 끝나기만을 기다리고 있었죠. 주변에서 유일하게 빛을 내고 있는 학교 창문으로 온갖 벌레들이 날아들었어요. 창가 자리였던 저는 방충망 사이에서 꿈틀대는 날벌레들을 무심하게 쳐다보고 있었어요. 그런데 방충망 너머에서 갑자기 기괴한 소리가 들려왔어요. "삐이익!" 하는 파공음이 꼬리를 문 것처럼 이어지더니 곧장 방충망을 뚫고 불꽃이 날아들었어요. 날아온 불꽃은 제 앞자리 친구를 덮쳤죠. 전 순간 전쟁이 난 줄 알았어요.

상상이 가나요? 적막이 감돌던 고등학교 창문으로 뜬금없이 로켓이 날아온 거예요. 반 아이들 모두 벌떡 일어나 창문을 바라보는데, 아까 것보다 훨씬 큰 소리가 연달아 들리더라고요. 창문 밖으로 붉은 빛들을 볼 수 있었어요. 그건, 수십 발의 폭죽이었어요. 분명 '사람을 향해 쏘지 마시오'라는 경고문이 붙어 있었을 로켓 폭죽 수십 개가 저희를 향해 날아오고 있었죠. 첫 번째 폭죽이 날아와 제 앞자리를 강타하고 그다음 폭죽들이 날아오기까지 불과 몇 초밖에 걸리지 않았지만, 전 그 짧은 순간을 슬로우 모션처럼 기억하고 있어요. 누군가 "전쟁이다!" 하고 크게 소리치자, 모두 허겁지겁 책상 아래로 숨었어요. 곧이어 수십 발의 폭죽이 학교로 쏟아졌죠.

우리 반에 펼쳐진 광경은 전쟁 영화를 방불케 했어요. 폭죽에 머리를 강타 당한 친구는 귀를 붙잡은 채 쓰러졌어요. 우리는 마치 총알이 빗발치는 전쟁터를 헤치듯 납작 엎드린 채로 쓰러진 친구를 향해 기어갔어요. 놀란 선생님들이 동시에 교실로 들이닥쳤죠. 다행히도 폭죽에 맞은 친구는 다치지 않았어요. 대신 머리카락이 폭

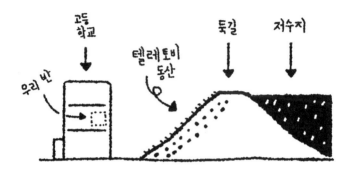

고등
학교

우리 반

텔레토비
동산

둑길

저수지

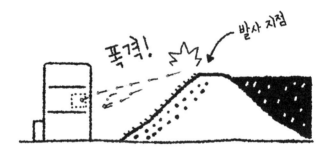

폭격!

발사 지점

죽에 그을려 오징어 구운 냄새가 나고 있었어요. 귀를 움켜쥔 건 큰 소리에 놀라서 그런 것이었고요. 갑자기 화가 치밀어 올랐어요. 도대체 누가 학교로 폭죽을 쏘았을까? 폭죽은 분명 텔레토비 동산에서 날아왔어요. 우리 반에서 한 녀석이 욕을 퍼부으며 달려 나가자, 모두 약속이라도 한 것처럼 우르르 텔레토비 동산으로 달리기 시작했죠. 선생님들은 가만히 있으라고 소리를 질렀지만, 이미 시작된 분노는 걷잡을 수 없었어요. 수십 명의 학생들이 괴성을 지르며 저수지를 향해 돌격했어요. 곧이어 옆 반에서도, 아래층에서 공부하던 후배들도 모두 달려 나왔죠. 돌격대는 금세 수백 명으로 불어났어요. 그 순간만큼은 삼국지의 제갈공명이라도 우리를 막을 전략을 짜내지 못했을 거예요. 슬리퍼를 신고 교복을 휘날리는 병사들이 텔레토비 동산을 기어오르기 시작했어요. 아마 멀리서 그 모습을 보았다면 정말 멋졌을 거예요. 한밤중에 수백 명이 달라붙어 동산을 오르는 광경이 어디 흔한 것이겠어요?

우리 반은 돌격대 중에서도 선발대였죠. 숨을 헐떡대며 가장 먼저 동산에 올라 범인들을 찾는데, 한쪽에서 무엇을 발견했는지 누군가 크게 소리를 질렀어요. 거기엔 돌로 만들어 둔 발사대가 있었어요. 범인은 학생들이 달려오는 걸 보고 놀랐는지, 라이터와 폭죽 몇 개를 그대로 남겨 두고 도망쳤더군요. 바로 추적대가 꾸려졌어요. 휴대폰을 들고 나온 애들이 조장이 되어 둑길과 저수지, 주변 산길을 조사하기 시작했어요. 범인을 향한 분노는 어느새 흥분과 즐거움으로 바뀌어 가고 있었어요. 수백 명의 아이들이 자율적으로 조를 짜서 삼삼오오 흩어졌죠. 뒤따라온 선생님에게 잡혀 학교로 돌아간 친구들도 있었지만, 대다수가 밤이 늦도록 저수지며 온 산길을 헤집고 다녔어요. 특히 처음으로 폭격을 받은 우리 반은 밤 새도록 전우애를 나누며 뜨겁게 추적전을 벌였죠.

이영도의 판타지 소설 《드래곤 라자》에는 '마법의 가을'이란 말이 나와요.

누구나 일생에 한 번쯤 마법과도 같은 환상적인 가을을 보낸다는 말이죠. 만약 그런 것이 실제로 있다면 저는 이날 '마법의 여름'을 겪은 셈이에요. 어딘가 답답하고 불쾌하던 여름은 온데간데없었어요. 달은 끝내주게 밝았고, 후덥지근한 공기마저도 낭만적이었어요. 몇 시간이나 지났을까, 범인 탐색은 추적을 빙자한 놀이가 됐죠. 산이 떠나가라 노래를 부르고, 낄낄대며 길을 쏘다녔어요. 누군가 덥다고 불평을 하자, 다 같이 저수지로 뛰어들었어요. 서로를 빠뜨리고, 물을 퍼부으며 놀았죠. 또다시 쫄딱 젖은 채로 둑길과 산을 달렸고요. 저는 그

여름밤 동안 놀라운 해방감을 느꼈어요. 땀이 비 오듯 쏟아졌지만 그날의 즐거움을 조금도 훼손하지 못했어요. 그토록 신나고 놀라운 기분을 어찌 표현할 수 있을까요.

결국 범인은 잡히지 않았어요. 나중에 알았는데, 경찰도 왔다는군요. 담임 선생님은 우리가 둑길에 올라가서 발자국을 다 지워 놓은 통에 범인을 놓친 거라 했어요. 비록 범인은 놓쳤지만, 대신 평생토록 잊지 못할 추억을 만들었어요. 저는 그날 이후, 여름을 좋아하게 됐어요. 더 정확하게는 제게 여름은 그날이 되었어요. 벌써 17년이나 지난 탓에 기억은 희미해지고 감정은 흐릿해졌지만, 아직도 그 해방감과 설렘은 여름과 함께 매해 절 찾아와요. 왜 그랬는지 모르겠지만, 우리 학교를 향해 폭죽을 쏜 범인에게도 쬐끔 고맙다고 말하고 싶어요.

점점 공기가 텁텁해지고 햇살이 따가워지고 있어요. 이제 곧 여름인가 봐요. 다른 사람들은 여름을 어떻게 준비할까요? 즐거운 마음으로 여름을 기다리고 있을 수도 있고, 어쩌면 곧 찾아올 더위를 벌써 싫어하고 있을지도 모르겠네요. 눈을 돌려 창밖을 보니 저 멀리 고향에 두고 온 텔레토비 동산이 보이는 듯해요. 제게 찾아왔던 그 하룻밤처럼 고 작가님도 멋지고 마법 같은 여름을 맞이하길 바랄게요.

내 인생의 BGM

✳︎ 음악

저는 운전을 하며 겸손을 배웠어요.

세상에 뜻대로 되지 않는 일이 얼마나 많은지 차 안에서 매번 깨닫거든요. 타이어 두 개가 동시에 터져서 차가 전복될 뻔한 적도 있어요. 돌멩이가 튀어서 구멍이 난 유리를 복원제로 애써 메워 놓았더니 정확히 똑같은 위치에 또 돌을 맞은 경험은 어떻고요. 수업을 하러 찾아간 학교에서 교감 선생님 차를 긁은 기억도 나네요. 차를 뚫을 기세로 쏟아지는 소낙비와 한 치 앞도 보이질 않는 안개, 갑작스런 폭설처럼 극단적인 날씨를 만날 때도 있죠.

하지만 그 어떤 돌발 상황보다 더 무서운 건 바로 졸음이에요. 전 운전대만 잡으면 왜 그렇게 잠이 쏟아지는지 모르겠어요. 제일 좋은 해결책은 휴게소나 졸음 쉼터에서 쉬어 가는 것이겠지만, 매번 아슬아슬하게 강연 시간에 맞춰 움직이는 터라 휴식이 불가능할 때가 많아요. 대안으로 껌도 씹어 보고 손바닥으로 뒷목을 때려 가며

운전해 봤지만, 별 소용이 없더라고요. 한겨울에 창문을 다 열고 달리거나 허벅지를 사정없이 꼬집는 등 졸음을 이기려 별별 짓을 다 해 봤어요. 그 수많은 시도 중에 찾아낸 특효약이 바로 음악이에요. 전 평소에 음악을 즐기는 편이 아니지만 오로지 단 한 가지 이유, 살기 위해서 차 안에서 음악을 듣기 시작했어요.

특히 남진 베스트 앨범은 절 여러 번 구해 줬죠. 노래방에서 재미로 부르곤 했던 남진의 〈둥지〉는 제 최고의 각성제예요. 신나는 박자에 맞춰 크게 노래를 따라 부르면 졸음도 이길 만하더라고요. 강원도를 다니며 이 노래를 얼마나 많이 들었는지, 지금도 양양 고속 도로에 진입하는 순간 제 귓속에선 남진 아저씨의 목소리가 자동으로 재생돼요. 그렇다고 트로트만 듣는 건 아니에요. 그날의 일정에 맞춰 세심하게 노래를 고르는 편이에요. 특히 장거리 운전이 예상되는 날엔 음악 리스트를 짜는 게 꽤 중요한 준비 사항이죠. 수도권을 벗어나기까지 꽉 막히는 길에선 신나는 아이돌 노래를, 이후 대전까지는 보이밴드 위주로 선곡을 하다가, 내려갈수록 지루해지니 스토리가 있는 뮤지컬 음악으로 마무리한다는 식으로 계획을 세워요. 최근 당일치기로 남해에 강연을 다녀온 적이 있었는데, 왕복 8시간의 운전 끝에 플레이 기록을 살펴보니 거의 100곡을 들었더라고요. 그 노래들을 따라 부르기도 하고 박자에 맞춰 흥겹게 손가락을 튕기기도 하며 무사히 운전을 마칠 수 있었어요.

간혹 노래를 듣다가 깊이 잠든 기억을 깨우기도 해요. 언젠가 차 안에서 이승환의 노래를 들은 적이 있어요. 운전에 집중하느라 미처 의식하지 못했는데, 무심결에 제가 그 노래 가사를 정확히 따라 부르고 있었어요. 이걸 어디서 들어 봤던가, 의식하는 순간 다음 가사가 생각이 안 나더라고요. 운전하는 내내 그 노래를 기억해 보려 애썼지만 소용이 없었어요. 결국 집에 돌아와 그 노래의 앨범 커버를 찾아보고 나서야 모든 의문이 풀렸어요. 그건 제가 태어나 처음으로 샀던 앨범이었어요. 이승환 7집, 〈EGG〉라는 앨범이죠. 차 안에서 따라 불렀던 노래는 타이틀 곡인 〈잘못〉이었고요. 동시에 제가 왜 그렇게 정확하게 노래를 외우고 있었는지도 생생하게 떠올랐어요.

전 열여섯 살이었고, 학원에서 만난 동갑내기 친구를 좋아하고 있었어요.
절대 티를 내지 않으려고 했는데, 그럴 수가 있나요. 이미 주변에선 다 눈치를 챈 모양이었어요. 겨울 방학을 맞아 학원에서 단체로 영화를 보러 갔는데, 마침 그 애와 나란히 앉게 됐어요. 팝콘도 같이 나눠 먹었고요. 도저히 영화에 집중할 수가 없었어요. 원래 집으로 돌아가는 길에 제 마음을 전달할 생각이었는데, 나란히 앉은 그때보다 더 좋은 타이밍이 없을 것 같았어요. 몇 번이나 망설이다 결국 영화가 끝나갈 무렵, 어둠을 틈타 그 애에게 슬며시 선물과 편지를 건넸어요. 그 선물이 바로 이승환의 〈EGG〉 앨범이었죠. 사실 앨범을 사면서도 이승환이 누군지 잘 몰랐어요. 서점 옆에 붙은 작은 레코드 가게에서 커버가 제일 예쁜 걸 집었을 뿐이니까요. 그 애는 자그맣게 대답했어요. "고마워."

시시하게도 그게 짝사랑의 끝이었죠. 이후 전 똑같은 앨범을 하나 더 사서, 한동안 그 앨범을 들었어요. 무슨 노랠 선물했는지는 알아야 했으니까요.

사랑이라는 말을 접어 놓으니
이렇게 우리 웃는걸
하지만 너를 보지 않고 있으면
울고 싶어 너무
끝을 알아채 버린 난 참 슬퍼
  – 이승환, 〈잘못〉 중에서

다시 가사를 음미해 보니 첫사랑의 실패가 고스란히 예언되어 있네요. 노래가 무슨 잘못이 있겠어요. 서툴렀던 그때의 사랑은 결국 실패할 수밖에 없었어요. 차 안에서 노래를 듣다 이렇게 제 삶의 한 꼭지가 소환되는 경우를 종종 맞이해요. 내가 어떻게 이걸 다 잊고 살았던 걸까? 그런 의문이 들 때도 있어요. 전 음악을 즐기지 않는다고 생각했는데, 잊을 수 없는 삶의 순간마다 노래 한 곡이 꼭 매달려 있더라고요. 대학 신입생 때 장기자랑용으로 키네틱 플로우의 〈몽환의 숲〉을 외워 갔다가 분위기가 싸늘해진 기억이라든가 군대 훈련소 시절에 점심과 저녁 시간마다 방송실에서 노래를 틀어 주는 DJ가 되었는데, 구비된 음반이 소녀시대 앨범밖에 없어서 몇 주간 〈GEE〉만 틀어 주다 별명이 '쥐'가 되었던 기억 같은 거요. 처음으로 떠난 유럽 여행 중엔 히사이시 조의 〈Summer〉라는 노래를 흥얼거린 탓에 요즘도 그 노래만 들으면 유럽의 여름 풍경이 함께 떠올라요. 오지은의 〈물고기〉와 존 브리온의 〈Little Person〉은 절 슬프게 하는 노래예요. 이 노래들을 알려 준 친구가 갑자기 행방불명이 된 탓에 그 친구가 있던 자리엔 노래만 남았어요. 그래서 울고 싶을 때 듣곤 해요.

웃기고, 설레고, 슬펐던 순간을 함께 달려온 차는 이제 제 방보다 더 개인적인 공간이 되었어요.

생각해 보니, 모두 노래 때문인 것 같아요. 공대생을 울린 시 수업으로 유명한 정재찬 교수님이 이런 멋진 말을 한 적이 있어요.

"우리 인생이 영화 같지 않은 이유는 브금(BGM)이 없어서다!"

음악이라는 조미료가 없다면 어떤 일도 특별하게 기억될 수 없단 거죠.

만약 제 인생에 영화 같은 일이 벌어진다면, 아마도 음악이 흐르고 있는 차 안에서 겪게 될 거예요. 그때 무슨 노래를 듣고 있을지 벌써부터 궁금하네요.

가장 슬픈 날의 일기

✳

고양이

2019년 12월 3일은 참 이상한 날이었어요.

그날은 결혼기념일이었는데, 저와 아내는 아무것도 하지 못했어요. 침대에 누워 울고만 있었죠. 울다가 서로 위로하고 또 울기를 반복했어요. 전 도저히 견딜 수가 없어서 일기를 썼어요. 바로 전날 있었던 절망적인 일을, 몇 주간 우리를 울렸던 슬픔과 더 나아가 사 년간의 행복을 써야만 했어요. 오늘은 제 인생에서 가장 슬펐던 날에 쓴 일기를 들려 드리려 해요.

오늘 아노가 떠났다. 아노를 처음 만난 게 2015년 겨울이니, 우리 곁에서 사 년을 머물렀다. 길거리 출신이라 겁이 많고 예민했지만, 가족끼리 있을 땐 호기심과 애교가 넘치는 고양이였다. 아노는 신장에 생긴 종양으로 죽었다. 며칠 기운이 없길래 가벼운 마음으로 데려간 병원에서 종양이 보인다는 이야길 들었다. 이후 CT 촬영과 조직 검사가 이어졌고, 의사는 아노에게 시한부 선고를 내렸다. 양쪽 신장에

종양이 크게 퍼져서 언제 곁을 떠나도 이상하지 않을
상태라 했다.

우리에게 작별할 시간을 주려고 아노는 40일을 더
버텼다. 지방 강연으로 집을 하루 비워야 해서 어쩔
수 없이 아노를 입원시켰는데, 퇴원 후 집에 돌아온
아노는 더 이상 걷지 못했다. 그렇게 싫어하던 둘째
롬복이의 장난에도, 제일 좋아하는 간식에도 아노는
아무런 반응이 없었다. 6kg이었던 아노는 3.7kg까지
살이 빠졌다. 60kg인 사람이 37kg이 된 셈이다.
팔다리는 가늘어졌지만 염증으로 얼굴은 통통
부어올랐다. 아노를 들면 깃털처럼 가벼워 날아가
버릴 것만 같았다. 아노가 걷지 못하게 되자, 우리는
힘겨운 결정을 내려야 했다. 하늘에선 비가 내렸다.
두 걸음마다 넘어져 쉬어야 하는 아노를 보며 아내와
부둥켜안고 한참을 울었다. 아노를 떠나 보낸
오늘은 보란 듯이 날씨가 맑다. 너무 맑은 하늘이 참
야속하여 차라리 비가 왔다면 덜 슬펐을까 생각했다.

아노를 보내겠다는 연락을 하고 병원을 찾았다.
수의사를 보자마자 아노는 내 무릎으로 도망쳤다.
무릎 위에 올려 두고 어르고 달래며 등을 쓸어

주는데, 아노의 등뼈가 고스란히 만져졌다.
살가죽이 뼈에 간신히 붙어 있었다. 의사의 말로는
당일 안락사를 결정하고 병원을 왔다가 마취 전에
마음을 돌리는 경우도 있다고 했다. 흔들리던 마음은
아노의 등을 만지며 굳어졌다. 이제 내 욕심으로
이 아이를 잡아 둘 수 없었다. 마취약이 들어가자
아노는 금방 잠에 빠졌다. 마지막 인사를 할 시간이
주어졌다. 너무 마음이 아파서 아무 생각도 나지
않았다. 아노를 안은 채 울기만 했다.

안락사용 약물이 주입되자 아노의 몸이 차가워지기
시작했다. 이전까지는 아노가 큰 병에 걸렸다는
것이, 기운이 없는 모습이, 시한부 선고까지도
현실감이 없었다. 믿고 싶지 않은 그 마음은 아노의
몸이 차갑게 굳어지자 실감으로 바뀌었다. 죽음은
비참하고 슬프다. 아노를 붙잡고 한참이나 울었지만
아노의 눈은 이제 움직이지 않는다. 병원에서도,
장례식장에서도 울지 않기로 한 결심이 번번이
깨어졌다. 제 몸만큼이나 새하얀 국화꽃 두 송이가
아노의 수의 위에 얹혔다. 아마 국화는 처음 보았을
것이란 아내의 말에 또 눈물이 터졌다. 미안해,
미안해 수백 번 되뇌며 향이 끝까지 다 탈 때까지

까칠한
눈빛

등엔
하트 무늬

피아노 색이라
'아노'

우리 집 아노

울고 나서야 아노를 화장터로 옮겼다.

아노의 자그마한 몸이 육중한 철문으로 향했다. 문이
닫히고 빨간 등이 점멸했다. 이제 불이 붙었다는
직원의 말에 다시 눈물이 났다. 죽음은 보내고 또
보내는 과정이었다. 이제 아노의 육신은 사라진다.
아노가 부디 헤매지 않고 천국으로 가기를.

2019년 12월 2일

아노는 제게 찾아온 첫 번째 고양이예요.

흰색 털에 검정 무늬가 있어, 피아노에서 딴 '아노'
라는 이름을 직접 붙여 줬어요. 일찍부터 부모에게 버려
져 사회성이 전혀 없는 고양이였어요. 새끼 때는 얼마나
발가락을 깨물어 대던지, 아기 고양이를 앞혀 두고 하소
연을 한 적도 있었어요. 작은 자취방에서 고양이를 피해
잠을 잘 방법이 없어서 한동안 집 안에 텐트를 치고 거기
서 잠을 잤죠. 그것도 잠시, 날이 다르게 성장한 아노는
텐트 입구를 힘으로 비집고 들어오더라고요. 결국 아노
가 다 클 때까지 제대로 잠들지 못한 밤들을 보냈어요.
아직도 제 팔목과 발등에는 그때의 흉터들이 남아 있어
요. 그사이 세 번의 접종, 중성화 수술, 자잘한 병치레까

지 거치며 저도 초보 티는 벗은 집사가 됐어요.

　결혼 후에 아내는 아노 때문에 절 많이 질투했어요. 아기 때부터 키운 정 탓인지 아내가 아무리 예뻐해도 결국 아노는 저만 쫓아다녔죠. 잠을 잘 때는 늘 제 다리 사이에서 잤어요. 좀처럼 내지 않던 갸르릉 소리도 저만 들을 수 있었고요. 말 그대로 아노는 '내 것'이었어요. 그래서 아노가 제 곁에 머무는 시간을 너무 당연하게 여겼나 봐요. 사랑하면서 이별을 준비하는 건 쉬운 일이 아니죠. 언젠가 저보다 아노가 빨리 떠날 것이란 걸 알고 있었지만, 그 시간이 이렇게 빨리 다가올 것이라곤 상상조차 못했어요. 아노가 제게 준 사랑의 일부도 갚지 못했는데, 이제 다시는 그 통통했던 배와 분홍빛 코를 볼 수 없게 됐어요.

　고양이는 모든 곳에 자기 흔적을 남겨요. 어딜 가든 털이 따라다니니까요. 아노를 보내고 일 년이 지나 이사를 하는데 침대 아래에서, 가구 사이에서 털이 계속 나오더라고요. 스웨터에 잔뜩 묻은 아노의 하얀 털을 보면서 아노가 계속 우리와 함께 머물러 있다는 생각에 위안을 받았어요. 아마 몇 년이 지나더라도 어느 구석에선 아노가 이 세상에 있었던 증거를 발견할 수 있을 거예요.

전 고양이를 키우며 내가 이렇게 사랑받을 수 있다는 것을 알게 됐어요. 어떤 생명이 전적으로 날 의지하는 것이 얼마나 무겁고 행복한 일인지도 깨달았지요. 고양이의 부드럽고 말랑한 몸을 쓰다듬으면 고개를 돌려 제 눈을 똑바로 쳐다봐요. 그리고 이어지는 작은 깜빡임들. 고양이 인사라 불리는 눈인사예요. 느긋하게 인사를 마치고 혀를 내밀어 몇 번 털을 고르고 나면 제 손등과 뺨을 혀로 쓸어 줘요. 따끔해도 참아야 해요. 가족에게만 해 주는 특별한 행동이니까요. 슬쩍 일어나 자기 머리를 제 이마에다 쿵 박아요. '당신은 내 것'이라는 고양이만의 애정 표현이죠. 앞과 뒤를 번갈아 가며 뻗어 주는 특유의 기지개를 마치면 우아한 동작으로 꼬리를 흔들며 걸어가요.

지금 글을 쓰고 있는 제 책상 아래에는 둘째 고양이 '롬복이'와 셋째 '누렁이'가 자고 있어요. 아노를 길에서 데려온 이후로 저희 집에는 길거리에서 구조한 고양이가 한 마리씩 늘어 가고 있어요. 아노에게 받은 사랑을 또 다른 사랑으로 갚아 주는 방법이라고 생각해요. 이 아이들도 언젠가는 제 곁을 먼저 떠날 때가 오겠죠. 하지만 아노를 보냈던 그 슬픈 날이 있기에, 잘 준비할 수 있을 것 같아요. 그때까지 매일 눈인사로, 따뜻한 손길로 고양이들을 만나려고 해요.

　　고 작가님과 고양이 이야기를 할 때면 작가님의 눈빛이 깊어지는 걸 발견해요. 그동안 돌보았던, 그리고 떠나보냈던 고양이 생각 때문이겠죠? "너무 미안해서 나는 도저히 울지 못했어."라고 말하는 직가님의 얼굴도 기억나요. 고양이를 보내며 눈물을 흘리진 못했지만, 속으로는 더 처절한 피눈물을 흘렸을 작가님의 슬픔을 느꼈어요. 그 앞에서 차마 제 이별 이야기를 꺼내지 못했어요. 오늘 아노를 보낸 날의 일기를 들려 드린 이유예요. 함께 슬픔을 나눌 수 있는 사람이 있다는 게 얼마나 다행인지 모르겠어요.

내 머릿속에 평면도

✳

집

사람들과 집에 얽힌 사연들을 이야기할 때면 제각각 집을 기억하는 방식이 다양하다는 것을 깨달아요. 집에 밴 고유한 냄새에서 편안함을 느끼는 사람이 있는가 하면, 키를 잰 흔적이나 벽지에 남은 오래된 낙서에서 추억을 되살리는 사람도 있어요. 저는 예전에 살았던 집들을 떠올리면 공간의 배치가 먼저 생각나요. 현관에서 거실로, 부엌이나 다른 방들로 연결되는 집의 동선이 떠오르고 공간의 크기와 형태가 같이 생각나죠. 마치 평면도를 그리듯 집을 기억하는 편이에요. 사실 이건 제 오래된 습관이기도 해요. 전 주변 공간의 형태와 치수를 파악하는 데 소질이 있었어요. 게다가 어린 시절엔 이사를 자주 다녔던 탓에 평면도에 기입될 만한 수치적인 정보 외에 집과 정서적인 교류를 쌓을 시간이 부족했어요. 그래서 대부분의 집은 평면도로 제 기억에 남게 됐죠.

　　전 선들이 복잡하게 얽힌 그림들을 좋아했는데, 평면도는 제가 좋아할 만한 모든 조건을 갖추고 있었어요.

마치 풀어야 할 퍼즐이나 퀴즈처럼 그 선들에 끌렸어요. 그림을 보면서 공간의 크기나 모습을 상상하는 것도 재밌었고요. 제가 처음으로 본 도면은 아버지가 그린 약도였어요. 누군가에게 길을 설명하며 껌 종이 뒷면에다 약도를 그리셨는데 기억자 네 개로 사거리를, 기준이 될 만한 큰 건물 몇 개를 네모로 그려 넣은 투박한 그림이었어요. 하지만 어린 시절 제 눈에는 그게 정말 멋져 보였어요. 설명을 마치고 남은 종이를 제가 받아, 수첩에다 고이 붙여 두었죠. 마치 보물 지도라도 되는 것처럼 그 약도를 보면 가슴이 두근거렸어요.

그 뒤로는 학교를 마칠 시간이면 집까지 몇 번의 우회전과 좌회전을 해야 도착하는지 계산해 보는 아이로 자랐어요. 실제로 집으로 걸어가며 맞게 계산했는지 세어 보기도 하고요. 발과 발을 붙여 가며 걸음을 센 다음, 실내화 사이즈를 곱하는 것으로 교실의 가로세로 길이를 알아냈죠. 제 방의 크기나 현관에서 화장실, 안방과 부엌까지의 길이와 폭을 재기도 했어요. 노련한 건축가는 자신의 몸을 자처럼 사용한다던데, 어설프긴 해도 그렇게 건축가 흉내를 내고 있었던 거죠. 머릿속에 교실의 평면도와 자주 들락거리던 만화책방과 문방구, 오락실, 내 방의 평면도를 쌓아 갔어요.

지금은 그 도면들 대부분을 잊어버렸지만, 아직까지도 모든 부분을 생생히 기억하는 평면도도 있어요. 바로 열한 살부터 열아홉 살까지, 제 십 대를 온전히 보냈던 집이죠. 제가 가장 오래 머문 집이기도 해요. 다른 집들은 흐릿한 모습으로만 남았다면 이 집은, 특히 그중에서도 제 방은 침대의 크기나 꽂아 둔 책들의 순서, 인형을 놓아 둔 위치까지도 고스란히 기억나요. 똑같은 재료만 마련한다면 그대로 방을 재현할 수 있을 정도로요.

저는 1997년에 그 집에 이사 왔어요.

부모님에겐 여러 번의 이사 끝에 장만한 꿈의 집이었지만, 잦은 전학으로 지쳐 버린 저에게는 그저 낯설고 불쾌한 집이었어요. 이제 겨우 친해진 친구들이 몇 명 있었는데, 또다시 친구들을 떠나야 한다니! 게다가 4학년이었던 저는 막 사춘기가 시작되고 있었거든요. 이사를 완강히 반대하던 제게 부모님은 누나보다 큰 방을 주겠다고 약속했죠. 그리고 입주 전에 새집으로 절 데려가서 방을 보여 주셨어요. 예전 방보다 배는 커 보이는 모습에 슬며시 화를 내려놨죠.

그런데 막상 이사를 오니, 제 방은 기대만큼 좋지 않았어요. 방이 북향인데다 그나마 있는 창마저 베란다와 연결되어 있어서 하루 종일 빛이 제대로 들지 않았거든

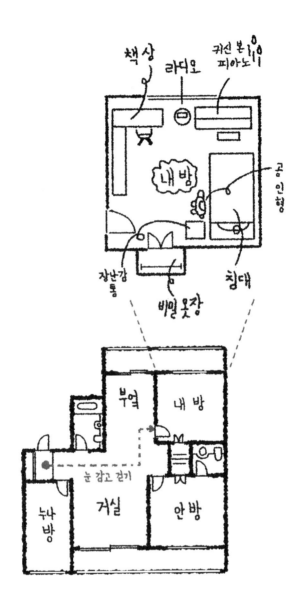

책상

라디오

귀신 본 피아노

내 방

곰 인형

장난감 통

비밀 옷장

침대

부엌

내 방

거실

눈 감고 걷기

누나 방

안방

요. 이상하게 습도도 높고, 방 안쪽 옷장에선 가끔씩 알 수 없는 소리가 들려오곤 했어요. 어딘가 으스스한 분위기가 감돌았죠. 게다가 잘 때마다 자주 가위에 눌렸는데, 어느 날은 피아노 위에서 귀신을 본 적도 있었어요. 얼마나 놀랐는지 안방으로 달려가 문을 있는 힘껏 두드린 바람에 문에 구멍이 났을 정도예요. 후에 귀신의 정체는 악마가 그려진 게임 포스터로 밝혀졌지만요. 저는 누나를 졸라 사람만 한 곰 인형을 제 방에 데려왔어요. 침대 옆에 두고 밤 동안 든든히 절 지켜 줄 경호원으로 삼았어요.

시간이 지날수록 점점 그 방에서 머무는 게 괜찮아졌어요. 나중에는 한밤중 가위눌림도 즐길 정도가 됐죠. 방이 커진 만큼 해 볼 만한 일들이 많았어요. 낑낑대며 침대를 옮겨 대각선으로 놔 보기도 하고, 책과 잡지를 손 닿는 곳에 바로 두기 위해 책장을 제멋대로 돌려놓기도 했어요. 옷장에서 들려오던 이상한 소리는 안방 화장실에서 물이 내려가는 소리란 것도 알아냈죠. 옷장 서랍장 뒤편 공간에는 좋아하던 여자애한테 주려고 쓴 편지나 게임 주인공들로 지은 소설 같은 걸 숨겨 뒀어요. 방안에서 햄스터를 키우기 시작하자, 엄마와 누나는 제 방근처도 오질 않았고, 그때부터 제 방은 온전히 나만의 아지트가 되었죠. 그쯤 되자 빛이 잘 들지 않아서 오히려 더 아늑하게 느껴지더라고요.

전 그 아지트에서 나를 잘 알게 됐어요. 일 년에도 몇 번씩 가구 배치를 바꾸다 보니 어떤 형태의 공간에서 내가 편안함을 느끼는지 깨달았어요. 침대에 누워 책을 읽으려고 몇 권을 골라 미니 책장을 꾸미다가 무슨 책을 좋아하는지도 자연스레 알게 됐고요. 재미 삼아 눈을 감고 현관에서 방까지 찾아가기 놀이를 하다 보니 나중에는 불 꺼진 밤에도 집 안 곳곳을 척척 걸어 다닐 수 있게 됐죠. 집의 크기와 모양에 맞춰서 전 성장했어요. 열한 살 아이가 열아홉 살 청소년이 될 때까지 그 집과 방은 제게 고향이 되어 주었어요.

대학생이 되어 집을 떠나고, 전 다시 이사의 나날을 보내고 있어요. 가만히 세어 보니 그 뒤로 벌써 11번의 이사와 12채의 집을 겪었더라고요. 평균적으로 16개월마다 한 번씩 이사를 한 셈이에요. 서울, 성남, 수원, 진주에서 살았고 작업실 한 구석부터 내무반, 고시텔, 반지하 빌라, 원룸 오피스텔, 주상 복합, 아파트까지 다양한 주거 형태를 경험했어요. 성인이 되고 나서도 마치 어린 시절을 반복하듯 새로운 공간들을 떠도는 중이죠. 제 고향이 되어 준 예전 집처럼 언젠가는 새로이 정착할

곳을 찾게 되겠죠? 그런 장소를 찾으면 그땐 정말 제가
직접 그린 평면도로 집을 지어 보고 싶은 꿈도 있어요.
언제가 될지 모르겠지만 그때를 위해 제 머릿속에 차곡
차곡 평면도를 쌓아가는 중이에요.

암순응 극장

* 영화

전 가끔 맥락과 동떨어진 이상한 부분에 사로잡히곤 해요. 소설가 나쓰메 소세키가 자신의 필명인 '소세키(漱石)'를 궤변가를 의미하는 사자성어, '침류수석(枕流漱石)'에서 따왔다는 이야기를 듣고, 평소에 관심도 없던 소세키의 소설을 탐독한 적이 있어요. 소설가의 필명이 궤변가라니, 너무 멋져 보였거든요. 김영하의 소설 《퀴즈쇼》에는 '책을 아껴 읽고 싶어서 거꾸로 들고 읽었다.'는 주인공의 별 것 아닌 변명이 나오는데, 여기에 빠져서 한동안 책을 거꾸로 들고 읽어 보기도 했어요. 《호밀밭의 파수꾼》을 읽다 딱 한 번 등장하는 가상의 소설 '비밀 금붕어'가 무슨 내용인지를 상상하며 〈금붕어〉라는 그림책 더미를 만들기도 했고요.

영화관과의 만남도 비슷했어요.

원래 전 극장과 아무런 접점이 없는 삶을 살았어요. 제 어린 시절은 대구의 외곽을 떠도는 유목과도 같았어요. 도시의 확장에 맞물려 항상 낯설고 새로운 곳, 아직

기반이 닦이지 않은 장소로 이사를 다녔기 때문에 당연히 집 근처에는 영화관이 없었어요. 제게 영화란 'MBC 주말의 명화' 혹은 대여점에서 빌린 비디오가 전부였죠. 그러다 중학교 3학년 과학 시간, 전 영화관과 운명적인 만남을 하게 돼요. 바로 '암순응'을 배우다가요.

눈이 천천히 어둠에 적응해 가는 암순응을 설명하기 위해 과학 선생님은 영화관을 예로 들었어요. '극장이 어두워지면 빛에 민감한 간상세포가 활발히 작동하여 약한 빛에서도 볼 수 있게 된다. 이걸 암순응이라 부른다.' 과학적 사실에 입각한 이 설명보다 제게 더 와 닿았던 것은 선생님의 실감 나는 영화관 묘사였어요. 영화관에 들어갈 때부터 풍기는 고소한 팝콘 냄새, 덥지도 춥지도 않은 적절한 온도와 습도, 영화가 시작하기 전 하나둘씩 자리를 잡는 사람들과 지각생들이 황급히 고개를 숙이고 자기 위치를 찾는 모습, 영사기가 돌아가며 첫 장면의 빛이 우리 망막에 부딪히는 그 순간까지 선생님은 생생히 묘사했어요. 지금 생각하면 과학 선생님은 문학적 소질이 있는 분이었어요. 영화관 특유의 분위기가 선생님을 통해 그대로 학생들에게 전달됐죠. 전 그 수업 이후로 영화관에 직접 가 보고 싶단 열망에 사로잡혔어요.

부모님은 항상 바쁜 탓에 먼 영화관까지 절 데려갈 여유가 없었어요. 누나는 이미 대학생이 되어 집을 떠난 상태였고요. 그래서 전 같은 반 친구들을 꾀기 시작했어요. 학교를 마치고 지하철역까지 걸어서 30분, 그리고 영화관이 있는 시내까지는 열네 정거장이라 편도로만 한 시간 거리였죠. 중학생들끼리만 가기엔 부담스러운 거리예요. 하지만 하늘이 도운 덕인지, 마침 중학생 남자아이들이 침을 꼴딱 삼킬 만한 영화가 개봉을 했어요. 바로 2002년의 화제작, 〈몽정기〉였죠. 거리 때문에 망설이는 녀석들을 〈몽정기〉로 유혹했어요. 단숨에 10명 가까이 모이더라고요. 언제 출발할지, 돈은 얼마나 준비해야 하는지 쉬는 시간마다 떠들썩하게 회의를 벌였어요. 사복을 준비해서 갈아입고 가자는 애도 있었고요. 그럴 나이잖아요! 영화관 원정대가 꾸려지자 인원이 계속 늘어났어요. 결국 반 아이들의 절반 정도가 참여하게 됐죠. 과학 시간에 우리끼리 영화관을 가게 됐다며 선생님께 자랑을 했더니, 나중에 과학 선생님이 절 따로 부르시더라고요. 암순응을 직접 경험해 보려고 가는 거라 잘 둘러댔더니 놀랍게도 차비를 보태 주셨어요. 선생님은 아마 우리가 무슨 영화를 보러 가는지 모르셨을 거예요.

〈몽정기〉 상영 중

극장 두 줄을
차지한 중딩들

드디어 대망의 영화관 원정날이 밝았어요.

학교를 마치면 체육복을 입고 축구를 하던 녀석들이 그날은 야심차게 준비해 온 사복으로 갈아입었죠. 치덕 치덕 머리에 젤도 바르고요. 지하철역을 향해 걸어가는 동안도 시끌벅적했어요. 다들 이런 경험이 처음이었거든요. 뭔가 대단한 일을 하고 있단 기분이 들었어요. 전 프로젝트 기획자인데다 선생님이 차비로 챙겨 주신 돈과 공금을 맡은 터라 잔뜩 긴장을 했지만요. 당시 우리들의 모습이 어땠을지 생각하면 괜스레 웃음이 나요. 무사히 역에 도착하고, 스무 명 치의 승차권도 끊고, 시내 방향을 잘 가늠해서 아이들과 지하철도 탔어요. 지하철 한 칸을 모조리 우리가 차지했죠. 약간의 긴장, 상당히 많은 들뜸, 흥분, 그리고 친구들과 함께 있다는 안정감 등이 어우러져서 이미 반쯤 취한 상태였어요. 시간 가는 줄도 모르고 떠들다가 어느새 목적지인 시내, 중앙로역에 도착했어요. 그리고 역 출구를 나가면 바로 만날 수 있는 아카데미 극장에 들어갔어요. 〈몽정기〉는 15세 이상 관람가 영화라 매표소에서 고등학생이라고 거짓말하는 것도 잊지 않았고요. 드디어 과학 선생님의 묘사보다 더 실감 나는, 진짜 영화관을 경험할 차례였죠.

영화는 생각보다 적나라했고, 기대보단 재미가 없었어요. 원래대로라면 관람 후에 뒷골목 오락실에 들렀

다가 유명한 피자집에도 갈 계획이었는데, 모두 지쳐 보였어요. 몇 주간 기대했던 계획을 이루고 났더니 힘이 빠졌나 봐요. 그래서 햄버거 하나씩만 사 먹고는 바로 학교로 향했어요. 돌아오는 지하철에선 서로 어깨와 머리를 기대어 신나게 졸았고요. 패잔병처럼 잔뜩 지쳐 학교에 도착해서는 우습게도 밤까지 함께 축구를 했어요. 이번에는 어색한 사복이나 잔뜩 힘을 준 머리 대신 평소대로 체육복을 입고 땀을 흘리며 실컷 뛰놀았죠. 아마 우리 모두 그대로 헤어지기 아쉬웠던 모양이에요. 우리의 영화관 원정기는 이렇게 끝났어요.

엄밀히 따지자면 그날 친구들과 함께 갔던 아카데미 극장은 제가 처음으로 가 본 영화관은 아니에요. 하지만 스스로의 의지로 선택했다는 점에서 제겐 첫 영화관이나 마찬가지예요. 뭐든 첫 기억이 중요하잖아요. 500원 더 비싼 캐러멜 팝콘 대신 고소한 팝콘을 골랐던 기억, 당시에 앉았던 우측 뒷자리, 과학 선생님의 말대로 적막과 어둠 속에서 천천히 밝아지던 시야, 영화관 옆자리에 앉았던 친구의 얼굴과 웃음이 생각나요. 함께 영화를 봤던 그 자리에서 우린 조금 성장했겠죠?

전 지금도 영화가 상영되기 직전의 그 짧은 순간이 참 좋아요. 극장 전체가 순간 어둠에 잠기고, 스크린 가

림막이 올라가는 기계음이 들려요. 눈은 어둠에 적응을 하느라 동공이 확장되죠. 그럴 때면 내가 다시 이곳에 왔다는 푸근함이 밀려와요. 이게 지금도 제가 영화관을 찾는 이유예요. 영화가 재밌으면 더 좋고요. 팝콘까지 맛있으면 더할 나위 없죠.

필사적으로 달라지기 ✳ 다름

요 몇 달간 허리가 아파 고생 중이에요. 교정 치료를 받으러 병원에 가면, 머리 부분에 동그란 구멍이 뚫린 침대가 절 기다리고 있어요. 머리를 구멍에 넣고 엎드려 있으면 치료사 선생님이 허리 곳곳을 눌러 제 척추를 다듬죠. 그동안 저는 눈에 힘을 주고 바닥을 볼 뿐이에요. 시간이 흐르면 대리석 바닥에 제멋대로 박힌 무늬들이 어떤 형상이 되어 떠오르기 시작해요. 연필심 모양, 그 아래쪽엔 갈비뼈 모양, 왼쪽에는 코끼리 모양처럼 말이에요. 신기한 건 매번 같은 침대에 눕지만, 바닥 무늬는 늘 새로운 것들이 보인다는 거예요. 처음엔 피아노였던 무늬가 다음날엔 기차로 변하는 식이죠. 요즘은 허리를 고치러 가는 게 아니라 그림을 구경하러 간다니까요.

허리를 들어 달라는 치료사 선생님의 말에 애써 자세를 고쳐 봐요. 그런데 지난주에 치료했던 오른쪽 허리가 다시 아픈 거예요. 30분째 고생 중인 치료사 선생님에게 미안해서 말을 꺼내진 못했어요. 평소에 자세가 너무 엉망인가 봐요. 핑계를 대자면 그리고 쓰는 일이 직업이라 앉아 있는 시간이 필연적으로 길어요. 거기에 무리한 장거리 운전도 허리 악화에 한몫 거들고 있어요. 쉴 때만이라도 척추에 부담이 가지 않게 해야 하는데, 요즘 스마트패드로 유튜브 영상을 보는 재미에 빠져서 매번 구부정하게 눕게 되네요. (선생님, 죄송합니다.)

얼마 전에도 침대에 누워 패드를 든 상태로 신나게 허리를 괴롭히고 있었어요. 그러다 우연히 재미있는 강연 영상을 하나 보게 되었어요. 김영하 작가의 '자기 해방의 글쓰기'라는 강연이었죠. 여러 나라에서 몇 차례에 걸친 조사에 따르면, 수명이 가장 짧은 직업군은 작가라는 이야기가 나오더라고요. 그만큼 글쓰기는 고되고 죽음까지 수반할 수 있는 위험한 일이라며 능청스럽게 말하던 영상을 보며, 전 괜히 뜨끔했어요. 그럼에도 불구하고 이토록 위험한 일을 몇 천 년간 사람들은 왜 멈추지 않는지 설명을 들으며 고개를 끄덕였어요.

혹한의 시베리아 수용소를 겪었던 솔제니친도, 아우슈비츠의 빅토르 프랑클도 거기서 글을 썼습니다. 인류 역사상 가장 끔찍하고 참혹한 곳에서 아무것도 할 게 없을 때, 아무것도 할 수 없었기에 사람들은 글을 썼습니다. 전쟁터에서도 무수한 글이

쓰여졌죠.

– 김영하, '자기 해방의 글쓰기' 강연 중에서

문득 제가 살면서 가장 치열하게 글을 썼던 군대 시절이 떠오르더라고요.

그건 일종의 저항이었어요. 끊임없이 같음을 강요하는 곳에서 전 달라지기 위해, 제 자신을 지키기 위해 필사적으로 글을 썼어요. 정말 그것밖에는 할 게 없었거든요. 군대에 가면 가져온 개인 용품은 모조리 택배 상자에 넣어 돌려보내고, 새로운 물건들을 지급하죠. 그리고 그 물건들에는 사용 설명서가 아니라 사용 동작이 딸려 와요. 방독면을 받으면 사용하는 방법이 아니라 착용하는 동작을 알려 주는 거죠. 병사들은 일렬로 서서 방독면 끈을 잡는 팔의 각도, 뒤집어쓰기까지 걸리는 시간, 쓰고 나서 외치는 구호 등을 맞추기 위해 훈련해요. 전 그 모든 게 참 무의미하다고 느꼈어요. 강제로 시키고 윽박지르니 따라는 했지만, 도무지 이해할 수 없었죠. 총을 내지르는 궤적이 같아야 하고 옆 사람과 발을 내딛는 각도마저도 맞춰야 하는 이유는 뭘까요? 밥을 먹을 때 식판을 움켜쥐는 손가락 모양까지 가르치는 그곳은, 개인이 개인으로서 도저히 존재할 수 없는 곳이었어요.

그렇게 여러모로 이해 못할 훈련을 끝내고 제가 이 년간 지낼 부대로 배속을 받았어요. 웬만한 도시 사이즈에 육박하는 공군 비행장의 가장 깊숙한 곳, 병사 여덟 명이 교대로 돌아가며 상황실을 지키는 부대였어요. 퍽 외로운 곳이었죠. 거기서 전 처음 일주일간 '글씨체'를 연습했어요. 비행 훈련을 보조하기 위해 칠판에 여러 수치들을 기록해야 하는데, 그때 사용하는 부대 전통의 글씨체를 배우라는 거였어요. 그곳에서는 병사들의 글씨체마저도 맞춰야 했던 거예요. 그야말로 산을 넘으니 더 큰 산을 만난 셈이었죠. 전 일주일 동안 글을 다시 배우는 사람처럼 자음, 모음, 숫자, 영어, 특수 기호들을 몇천 번이나 써 댔어요. 조금 익숙해지니 애국가를 4절까지 쓰는 시험을 치기도 했어요. 제 훈련을 꼼꼼하게 살펴 주던 고참은 제가 글씨체를 통달하던 날, 제대를 하더군요. 그때 전 깨달았어요. 그곳에서 나는 그저 갈아 끼우는 나사였단 걸요. 2년마다 교체되는 병사들을 똑같은 부품으로 만드는 것이 훈련소가, 부대가, 더 나아가 대한민국이 바라는 거였죠. 그걸 알게 되자, 나는 더욱 달라져야만 했어요.

제가 선택한 방법은 글쓰기였어요. 교대 근무를 서며 밤새 멍하니 상황실을 지켜야 할 때, 저는 노트에 깨알같이 글을 쓰기 시작했어요. 지금까지 살아온 이야기, 당시 제가 느꼈던 감정들, 앞으로 설계해 보고 싶은 집에 대해 썼어요. 두툼한 스프링 노트 하나가 꽉 차고 나자 그다음으로는 소설을 썼죠. 아는 이야기가 떨어졌으니 지어서 할 수밖에 없었거든요. 지금은 차마 꺼내지 못할 만큼 유치한 이야기들이었어요. 봐 주는 사람도 없는데 뭐가 그리 신났는지 추리 소설이나 SF에 도전해 보기도 했죠. 그렇게 종이 위에 글씨를 하나하나 새겨 갈 때에야 비로소, 나는 나 자신으로서 온전히 존재할 수 있었어요.

시간이 흐르면서 나만 그런 게 아니란 걸 알게 됐어요. 같은 목적지를 향해도 다른 길을 찾으려고 애쓰는 운전병, 짧은 머리 안에서라도 최대한 개성을 살려 보려는 이발병, 주어진 재료를 다양하게 써 보려는 취사병의 마음을 이해하게 됐어요. 왜 군인들이 바지 주름 하나에 목숨을 걸고 온갖 견장들로 군복을 꾸미는지 그 마음을 알게 됐죠. 모두 할 수 있는 한 남들과 달라지는 것으로 자기 자신을 지키고 싶었던 거예요.

요즘엔 필사적으로 달라지려고 애썼던 그때가 그리워요.

그러고 싶지 않아도 하루하루 내 몸이 달라지는 걸 느끼거든요. 의술이 없었던 고대인들의 자연 수명은 약 38세였대요. 이 계산에 의하면 제 몸도 타고난 보증 기간이 끝나 가고 있는 거죠. 그래서일까요? 요즘 계속 허리가 아프고 손이 저려요. 시력도 자꾸 나빠지고, 왠지 손톱과 발톱도 전보다 천천히 자라는 듯해요. 다행인 건 육신은 쇠락해 가도 제가 누구인지는 더 분명하게 알아 가고 있단 거예요. 피 튀기는 전쟁터에서, 끝이 없는 수감 생활 속에서도 글로 자신을 지켜 낸 사람들처럼 저도 제 자신을 겨우 지켜 냈어요. 앞으로 몸은 더 무너져 가고 기억은 희미해지겠죠. 하지만 힘겹게 지켜 낸 제 모습, 자신이 누구인지는 결코 잃어버리지 않을 거예요. 그것만큼은 확실해요.

가이드가 필요해

✳

가을

얼마 전 곡성에서 강연을 마치고 돌아오는 길이었어요. 추석 연휴를 앞두고 고속 도로가 많이 붐비는지 내비게이션은 국도를 복잡하게 오가며 집으로 돌아가는 길을 추천하더라고요. 묵묵히 안내음이 지시하는 대로 처음 가 보는 길들을 좌회전 우회전을 반복하며 오갔죠. 꽤 복잡한 코스였는데 헷갈리지 않고 무사히 길을 나아가는 내 자신이 뿌듯했어요. 문득 삶의 길도 누군가 이렇게 친절하게 알려 주면 좋겠단 생각이 들었어요. 틀려도 금세 새로운 방향을 제시하고 내 속도가 빠른지 느린지 알려 주는 분명한 목소리가 있다면, 불안감을 좀 내려놓을 수 있을까요?

올해 초부터 심리 상담을 시작했어요.

이 년 가까이 무기력과 우울감이 절 죄어 오고 있었어요. 수렁에서 저를 건져 낸 건 아내였죠. 아내의 끈질긴 권유와 응원 끝에 겨우 상담소의 문을 두드릴 수 있었어요. 그 후 몇 달간 상담을 받으며 제가 무척 불안한 사람이란 걸 알게 됐어요. 불안은 어디서 온 걸까요? 타고난 기질일 수도, 불안정한 상황에서 시작한 자립이 원인일 수도 있어요. 어쩌면 불안은 절 빠르게 성장시킨 원동력이 됐을지도 몰라요. 가만히 있으면 뒤처지고 말거란 생각에 쉬지도 못한 채 일을 해 왔거든요. 겉으로는 더 나아지는 것처럼 보였지만, 그사이 불안은 속에서부터 절 갉아먹고 있었어요. 그렇게 방치됐던 불안감은 시한폭탄이 되어서야 발견됐어요. 늦었지만 이제라도 제 상태를 인정하고 천천히 몸과 마음을 이완시키는 법을 배우고 있어요.

올해 추석에 저는 고향에 내려가지 않았어요. 처리해야 할 일들이 산더미같이 쌓여 있었고, 무엇보다 부모님을 뵈러 가면 지금까지 숨기고 있던 제 마음 문제를 들킬 것만 같았거든요. 그렇다고 바쁘게 일을 한 것도 아니에요. 책 작업을 핑계로 내려가지 않았지만 연휴 내내 방에 박혀 끙끙대고 있었죠. 후회와 죄책감과 두려움이 사방에서 절 찔러 댔어요.

"우리, 남한산성 갈까?"

저 때문에 본가에도 가지 못한 아내의 제안을 거절할 수 없었어요. 마지못해 잠옷 차림에 카디건만 걸친 채 차에 올라탔어요. 구불구불 산성 길을 오르는 동안 달이 우릴 쫓아오고 있었어요. 전 보조석에 앉아 달을 무심히 바라봤죠. 얼마 안 있어 남한산성 행궁 주차장에 도착했어요. 남한산성은 생각보다 훨씬 분위기가 좋았어요. 은은하고 운치 있는 조명이 행궁을 비추고 있었고, 아이들과 함께 산책을 나온 가족들의 말소리가 두런두런 들려왔어요. 집과 가까워 평소 자주 찾는 곳이었는데, 밤에 오니 색다른 느낌이었어요. 얼굴을 가린 마스크도 가을밤의 청명한 공기를 다 막아 내진 못했어요. 상쾌한 공기가 폐로 들어오자 마음속 우울도 조금 씻긴 기분이었죠. 아내와 함께 손을 잡고 걸었어요. 원래 남한산성 행궁을 담장을 따라 한 바퀴만 돌아보려고 했는데, 문득 더 걷고 싶어졌어요. 잠옷에 슬리퍼 차림이었지만 온 김에 산성 꼭대기까지 가 봐야겠단 생각이 들었죠. 무엇이든 하고 싶은 게 생긴 게 얼마만인지. 제 말에 아내도 반색하며 함께 등산로로 향했어요.

어둑한 산길을 따라 5분쯤 걸었을까요. 몇 걸음 앞에서 희미한 초록빛이 맴돌더군요. 처음에는 다른 등산객이 켜 둔 라이트인 줄 알았어요. 그런데 그 빛이 춤을 추듯 빙글빙글 돌며 저희에게 다가왔어요. 꺼질 듯 아슬아슬 약해지다가 다시 밝아지기도 하며 비현실적인 풍경을 만들고 있었죠. 아내와 함께 가만히 바라보다가 그

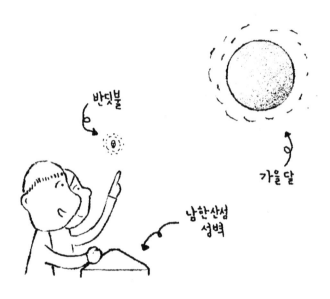

반딧불

남한산성
성벽

가을 달

빛의 정체를 알게 됐어요. 바로 반딧불이었어요. 실제로 반딧불을 본 게 처음이라, 얼마나 놀랐던지. 반딧불은 얼마간 거리를 두고 우릴 쫓아왔어요. 주변이 어두웠지만 나무들 사이로 아스라이 새어 드는 달빛과 반딧불 덕분에 충분히 길을 찾을 수 있었죠. 천천히 한 걸음씩 산길을 오르니 마치 꿈을 꾸는 듯했어요. 모든 것의 경계가 명확하지 않고 녹아드는 풍경, 소리라곤 나뭇잎을 스치는 잔잔한 바람 소리밖엔 없었어요.

그렇게 꿈결 같은 등산을 마치고, 드디어 남한산성 꼭대기인 수어장대에 도착했어요. 늦은 시간이라 망루 안쪽은 문이 잠겨 있었지만, 바로 앞 성벽에서 봐도 충분히 멋진 풍경을 즐길 수 있었어요. 길을 가운데 두고 오른쪽엔 서울의 야경, 왼쪽엔 가을의 청명한 달빛이 보였죠. 가슴이 뻥 뚫리는 경험이었어요. 입구부터 올라오는 과정, 도착한 장소까지 모두 훌륭하고 아름다운 산책길이었어요. 불과 한 시간 전만 하더라도 침대에 누워 한숨을 푹푹 쉬고 있던 저는 어느새 사라져 버렸죠. 아내는 아무 말 없이 그냥 씩 웃기만 했어요.

갑자기 작가들과 함께 원주로 여행을 떠난 일이 떠올랐어요. 유명한 건축가가 설계한 미술관도 가고, 향토 음식점에서 점심도 먹고, 산책로에서 고양이를 만나 함께 놀기도 했어요. 제가 여행 계획을 짰었는데, 만족해하는 동료 작가들을 보며 은퇴하고 친구들과 전국 방방곡곡을 찾아다니는 가이드가 되고 싶단 생각이 들었어요. 그 뒤로는 지방으로 강연을 갈 때마다 일부러 근처 유적지나 카페를 찾아가고, 메모장에 괜찮은 곳을 기록해 가며 자료를 쌓아 가고 있었어요. 그런데 가이드는 그런 정보보다 더 중요한 게 있더라고요.

전 남한산성 꼭대기에서 진짜 가이드를 마주했어요. 아내는 그날 제게 무엇이 필요한지 알고 있었어요. 마치 모든 걸 계획한 듯 절 데려가서 산길을 걷고 싶게 만들었죠. 평소보다 훨씬 천천히 산을 오르며 나 자신을 돌아볼 수 있는 시간을 주었어요. 마음이 확 트이도록 멋진 풍경과 달빛도 선물해 줬고요. 이쯤 되니 반딧불도 아내가 몰래 준비해 온 게 아닐까 싶어요.

삶이라는 운전대에선 내비게이션처럼 친절한 목소리가 없다는 걸 알아요.

이리 가라, 저리 가라, 돌아라, 멈춰라, 오히려 그렇게 분명히 말할수록 저는 더 불안해하고 그것에 의존하게 될 거예요. 인생은 정해진 길을 정확하고 빠르게 따라가는 게 아니라 헤매고, 꼬이고, 돌아가던 그 길 자체

였던 거예요. 그 길에 내비게이션은 없어도 가이드 정도는 있을지 몰라요. 옆에 앉아 주는 짝꿍, 내가 무엇을 하든 함께 걸어 주는 그런 사람이요. 언젠가 새로운 고민과 두려움이 찾아올 때면 진짜 가이드에게 배운 이 사실을 떠올리려고요.

나의 등대

＊

노동

경부 고속 도로 상행선을 달리다 보면 천안 부근에서 한 건물을 만나게 돼요. 붉은색 벽돌로 견고하게 지은 H사의 사옥이죠. 몇 년간 꾸준히 같은 길을 지나면서 저는 그 건물에 '등대'라는 별명을 붙여 줬어요. 보통 천안을 지나면 집까지 40분 정도가 남거든요. 특히 먼 곳을 다녀올 때 이 건물을 만나면, 곧 집에 도착한다는 기대와 하루를 무사히 마쳤다는 안도감이 밀려와요. 어부들에게 등대가 필요한 이유를 알 것 같아요. 등대는 이정표가 없는 바다에서 길을 찾게 도와주지만, 곧 닿게 될 고향 자체를 의미하기도 해요.

20대 내내 제게 등대가 되어 준 다른 건물이 있어요.

제가 다녔던 학교에서 가장 높은 곳에 있었던 건물이자 캠퍼스 어디에서나 고개를 들면 볼 수 있었던 랜드마크, 바로 대학 도서관이었죠. 전 어릴 때부터 도서관에 막연한 동경을 품고 있었어요. 쉬는 시간마다 도서실을 드나들었고, 서가 사이에서 편안함을 느끼던 아이였거든요. 가출한 뒤 도서관에서 생활하는 《해변의 카프카》의 주인공 다무라 카프카처럼 도서관에서 먹고 자는 걸 상상해 보기도 했어요. 그러니 학생증이 있어야만 출입이 가능한 데다 수십 만 권의 장서가 가득한 대학 도서관이 얼마나 멋져 보였겠어요. 높은 언덕 위에 도서관이 자리 잡고 있었지만, 전 수시로 그곳을 드나들었어요. 집에 가는 길에 읽을 소설 한 권을 빌리려고, 건축가의 작품집 한 장면을 복사하기 위해서 힘든 언덕을 마다 않고 올랐어요.

어느 날, 도서관에서 한 장의 공고문을 보았어요. 공석이 날 때만 뽑는다는 도서관 근로 장학생 모집 공고였어요. 당시 저는 복학 후에 웬만한 필수 과목들을 다 이수해 둔 터라 시간표를 여유 있게 짜 둔 상태였죠. 종일 고민한 끝에 결국 신청서를 냈어요. 형식적인 면접이 있었고 담당 사서 선생님과 개인 면담과 계약서 작성까지 마치고, 이튿날부터 도서관에서 일하게 됐어요. 제가 처음 맡은 건 책을 바코드 팀에 넘겨주는 일이었어요. 신간 도서가 지하 물류 창고에 도착하면 그걸 분류해서 바코드를 붙여야 해요. 전 그 사이에서 책을 날랐죠. 군부대에서 수해 방지용 모래주머니를 나르면서 모래만큼 무거운 게 또 있을까란 생각을 했었는데, 그건 제 착각이었어요. 세상에서 가장 무거운 건 바로 책이더라고요. 아뿔싸, 면접 때 남학생이 지원해서 다행이라고 한 말을 의심해 봐야 했는데…. 장갑을 끼면 책을 묶은 노끈 사이에 손가락이 잘 들어가지 않아 맨손으로 작업을 했더니 손이 빨갛게 부풀어 올랐어요. 뒤늦게 장갑을 껴 봤지만 손이 화끈거려 곤혹을 치러야 했죠. 어깨와 허리도 어쩌나 쑤시던지, 수많은 후회를 안고 겨우 첫 일주일을 마쳤어요. 제가 상상하던 도서관의 업무와는 전혀 다른 일들이었죠.

구원은 의외의 곳에서 찾아왔어요. 오늘은 책이 얼마나 들어올지 걱정하며 출근을 했더니 사서 선생님들이 모여 심각한 얼굴로 회의를 하고 계셨어요. 은퇴를 앞둔 한 교수님이 평생 모아 온 장서를 학교 도서관에 기증하셨는데, 그 양이 무려 수만 권에 달한다는 거였죠. 게다가 온갖 희귀한 책들이 포함되어 일반 서가에는 놓지도 못할 책들이었고요. 다행히도 그 수만 권은 주말 동안 미리 옮겨져 수장고 한 곳에 모여 있었어요. 그때부터 기존의 업무를 중단하고, 직원들은 물론 근로 장학생들까지 모두 투입되어 수장고를 점검하기 시작했어요. 기존 도서들을 체크하고, 수장고를 비워 자리를 마련한다는 거대한 프로젝트였죠. 슬슬 손과 허리에 한계를 느끼던 저는 도서 상하차만 아니라면 그 어떤 일이라도 환영이었어요.

산더미처럼 쌓인 수장고 도서

그 뒤로 한 달간 수장고에서 보냈던 경험은 정말 특별한 기억으로 남아 있어요. 겨우 글자를 읽을 만큼 희미한 빛, 차분하게 가라앉은 공기, 온습도 조절 장치가 돌아가는 낮은 소리가 로마에서 가 본 지하 무덤 카타콤과 흡사하다고 느꼈어요. 그곳이 사람들이 묻힌 곳이라면 수장고는 책들이 오랜 잠에 빠진 곳이었죠. 전 매일 목록하나를 받아 자그마한 라이트를 목에 걸고 수장고의 미로로 여행을 떠났어요. 목록에 있는 책이 제대로 꽂혀 있는지, 상태는 어떤지 점검했어요. 그중에는 잠을 넘어 영원한 안식으로 떠난 책들도 있었죠. 그런 책들을 골라 올 때면 장례를 치르는 기분이 들었어요. 보르헤스의 《바벨의 도서관》에는 무한한 미로로 이어진 도서관이 등장해요. 저는 수장고 서가 사이를 조심스럽게 지나며 여기가 바벨의 도서관이라는 상상을 했죠.

가끔 특별한 책들 때문에 놀랄 때도 있었어요.

평소처럼 목록을 따라 책들을 살펴보고 있는데, 유독 두꺼운 책 한 권이 눈에 들어오더라고요. 표지도 떨어져 버린 낡은 책이었어요. 문득 호기심이 일어 책을 펼쳐 봤더니 끔찍한 내용이 들어 있었어요. 온갖 고문 기구와 사용법, 고문 당한 희생자의 징후를 상세히 기록해 둔 책이었어요. 중세 시대에나 사용했을 법한 도구들부터 전기를 이용한 근대식 고문 방식까지 망라되어 있었죠. 작동 원리를 그려 둔 도해는 덤이었고요. 전 무엇에 홀린 듯 그 책에 빠져들었어요. 한참이나 책을 붙들고 앉아 있던 탓에 그날 주어진 할당량을 다 채우지 못할 뻔했어요. 일을 마치고 동료들에게 제가 본 책을 얘기했더니 자기는 제목이 백 글자도 넘는 책을 봤다며, 또 누구는 원로 교수님의 석사 논문을 봤다며 여기저기서 목격담을 늘어놓더군요. 우리 모두 묘한 매력을 가진 수장고를 좋아했어요. 전 어릴 때 소원을 이룬 걸까요? 다무라 카프카처럼 도서관에서 살진 않았지만, 대신 도서관의 가장 비밀스런 곳을 여행할 수 있었으니까요. 그 은밀한 모험의 결과로 제가 사랑한 도서관은 귀중한 수집품을 늘릴 수 있었고요.

책을 이고 지고 나르며 책을 찾아 땀을 흘렸던 그때 제가 작가가 될 것이라곤 상상조차 하지 못했어요. 하지만 인생의 중요한 순간들을 이어 본다면, 수장고에서의 경험이 작가로 첫 발걸음을 내딛던 순간과 아주 가깝게 붙어 있을 거예요. 그때 수많은 책을 떠나보냈던 제가 지금은 새로운 책을 태어나게 하고 있으니 어쩐지 빚을 갚고 있단 생각도 들어요. 어떤 일들은 우리가 알지 못하는 사이 운명적으로 연결되어 있나 봐요. 과거의 우리가 쏘아 올린 빛이 어느 순간 우리를 이끌어 가는 거죠. 마치 등대처럼요. 그렇게 생각하니 타닥타닥 키보드를 두드려 편지를 쓰는 이 순간도 무척이나 소중해져요. 우리가 주고받은 편지가 언젠가 의미 있는 순간들과 꼭 연결되길 바라요. 오늘도 누군가는 어디선가 새로운 책을 빚고 있을 거예요. 그 위대한 노동이 누군가에겐 또 다른 등대가 되길 바라며, 편지를 마칠게요.

추신.
저희 집에는 오랫동안 사용한 후추 그라인더가 있어요. 어느 날 제가 아내한테 이 후추 통은 몇 년이나 썼는데 후추가 전혀 줄지 않는다고, 정말 신기하다고 했더니 아내가 어이없는 표정으로 말하더군요.
"그동안 내가 계속 후추 알을 채워 둔 거야."
미처 눈치채지 못한 누군가의 헌신과 사랑으로 우리가 살아간다는 걸 다시금 깨달았어요. 이 세상을 오롯이 나 혼자 산다는 말, 그거 거짓말이겠죠?

아버지와 벨 소리

✳ 가족

얼마 전, 이와이 슌지 감독의 영화 〈러브레터〉를 보았어요. 스무 살 이후로 매년 한 번씩은 다시 보곤 해요. 이젠 대사를 외울 정도지만 이 영화는 여전히 마음을 설레게 해요. 전 특히 마지막 장면을 좋아해요. 주인공 이츠키가 독서 카드 뒷면에 그려진 그림을 발견하곤 멋쩍은 웃음을 짓는 장면이죠. 아련한 여운을 남기는 연출 때문에 모두가 손꼽는 명장면이지만, 제가 이 대목을 좋아하는 이유는 따로 있어요. 바로 우리 아버지 때문이에요.

아버지는 근면과 성실의 화신 같은 사람이에요.

알람 없이도 매일 새벽 6시면 자동으로 눈을 뜨는 분이시죠. 그런 아버지에게 어쩌다 저처럼 게으른 아들이 생겼나 몰라요. 제가 다녔던 고등학교는 집에서 걸어가기에는 좀 거리가 있었어요. 아버지가 출근길에 절 학교까지 태워 주셨는데, 문제는 아버지와 저의 출발 시각에 큰 차이가 있었단 거예요. 제가 일어나 양치질을 할 때면 이미 아버지는 모든 준비를 마치고 차에 시동을 걸고 계셨죠. 변명을 하자면 아버지는 모든 약속 시간에 최소 30분은 일찍 도착하는 분이에요. 제가 아무리 빨리 준비를 하고 내려가도 아버지는 차 안에서 상당한 시간을 기다린 후였죠. 결국 아버지는 어려운 결정을 내리셨어요. 제게 휴대폰을 사 주기로요.

주말에 아버지와 함께 시내로 나가 휴대폰도 고르고 제 이름으로 개통도 했어요. 난데없이 휴대폰을 선물받게 된 저는 앞으로 아침에 빨리 일어나겠다고 약속을 했어요. 하지만 아버지도, 저도 그 약속이 결코 지켜지지 않을 것이란 건 알고 있었죠. 아버지의 노림수는 다른 데에 있었어요. 다음 날부터 아버지는 차 안에서 1분 간격으로 제게 전화를 걸었어요. 머리에 빗질을 하는 중에, 교복에 명찰을 다는 중에도 전화가 걸려 왔어요. 짜증이 나서 일부러 받지 않으면 받을 때까지 연달아 벨이 울렸죠. 그때 제 휴대폰에서 시도 때도 없이 흘러나오던 벨 소리가 바로 〈러브레터〉의 마지막 장면에 삽입된 〈Small Happiness〉란 곡이었어요. 그때 저는 그 음악이 영화 음악인지도 몰랐어요. 그냥 서정적인 멜로디가 마음에 들어서 벨 소리로 설정해 둔 것이었는데, 아침마다 지겹도록 그 노래를 들어야 했죠.

전 스무 살에 〈러브레터〉를 처음으로 봤어요. 건축과 학생들은 밤샘 작업 때 수업용 빔 프로젝터로 영화를 보곤 했는데, 마침 누군가 도서관에서 빌려온 〈러브레터〉 DVD가 있었어요. 벽에 도면용 전지를 붙여 스크린을 만들고, 편의점에서 간식거리를 사 왔죠. 우리만의 작은 극장이 만들어지자 상영회가 시작됐어요. 전 히로코 역을 맡은 나카야마 미호 배우의 차분한 목소리와 90년대 일본의 풍경이 좋았어요. 히로코가 남편이 실종된 설산을 향해 거기서 잘 지내냐고, 건강하냐고 외치는 장면에선 다 함께 유명한 대사 '오겡끼데스까'를 따라 하기도 했죠. 드디어 영화가 마지막 장면에 이르렀어요. 그런데 어쩐지 귀에 익은 음악이 들리더라고요. 제 예전 벨 소리였어요. 이미 휴대폰도, 벨 소리도 바꾼 지 오래였지만 전 그 멜로디를 기억하고 있었죠. 아침마다 날짜증나게 했던 벨 소리였는데, 아버지의 독촉처럼 들리던 그 곡이 순간 왜 그리 슬프게 들렸을까요?

매일 힘겹게 등교 준비를 마치고 나가면 아버지는 운전석에 앉아 절 기다리고 있었어요. 집에서 학교까지 함께 가는 시간은 고작해야 10분. 그사이 아버지와 소소한 이야기를 나누곤 했죠. 최근에 친해진 친구 얘기나 기말 시험이 얼마나 힘든지 투덜대기도 했어요. 때론 아

울 아부지

버지가 모아 둔 무협지를 읽고 어떤 무공이 더 센지 토론하고, 제가 좋아하던 만화책이 어디까지 연재가 되었는지 이야기하기도 했고요. 라디오에서 조성모의 노래가 나오면 함께 흥얼거리기도 했어요. 전 나중에야 알게 됐어요. 아버지가 아침마다 무엇을 기다렸는지…. 그 10분이 아버지의 '작은 행복'이었던 거예요. 제가 늦장을 부릴 때면 아버지는 아쉬웠을 거예요. 급히 운전하느라 저와 대화할 틈도 없었으니까요. 늘 같은 자리에서 절 기다리던 아버지의 아침들, 초조한 마음으로 아들에게 몇 번씩이나 전화를 걸던 아버지의 마음이 생각났어요. 그리고 제가 얼마나 아버지를 그리워하고 있는지 깨달았어요.

눈물이 왈칵 쏟아졌어요. 엔딩 크레디트가 올라가는 사이 전 조용히 밖으로 빠져나왔어요. 겨우 아버지께 전화를 걸었지만, 전 아무런 말도 하지 못했어요. 그저 꺽꺽대며 울기만 했죠. 대학생이 되어 집을 떠나 생활하면서 제 마음에는 여러 공백들이 생겼어요. 그중에 가장 큰 빈자리는 아버지의 것이었죠. 막 성인이 되었다는 흥분과 타지의 삶이 주는 긴장감이 그 빈자리를 겨우 가리고 있었지만, 그날은 모든 게 소용없었어요. 아버지는 조용한 목소리로 아들을 달래 주었어요.

제가 태어났을 때 아버지는 서른세 살이었어요.

　지금 저는 그보다 더 나이를 먹었고요. 아직까지 제게 아이가 없는 건 아버지만큼 좋은 아버지가 될 자신이 없기 때문이에요. 아버지는 제 가장 오랜 친구예요. 아버지는 커다란 매미를 잡고 싶단 말에 말매미를 보여 주려고 저를 제주도까지 데려갔어요. 만화책《미스터 초밥왕》을 읽고 초밥은 어떤 맛일지 궁금하다고 했더니 퇴근길에 초밥을 사 오셨죠. 애국가를 4절까지 외울 수 있게 함께 노래를 부르고, 말도 안 되는 발명품 아이디어에 심사평을 해 주거나 그네를 높게 밀어 준 것도 아버지였어요. 시간이 지나면서 저는 좀 달라졌어요. 갈수록 아버지와 대화가 줄어들고 짜증만 늘어 갔어요. 아버지는 늘 같은 자리에서 묵묵히 절 기다리고 계셨던 걸, 그때는 몰랐어요.

　재작년에 은퇴하신 아버지는 여전히 6시에 일어나요. 그렇게 일찍 일어나서 무얼 하시냐고 여쭤 보니, 늘 하던 것처럼 씻고 나와서 동네 한 바퀴를 도신대요. 그 말을 듣고 왠지 안심이 됐어요. 아버지는 제가 아는 모습 그대로였어요. 전 아버지처럼 부지런할 자신은 없지만, 대신 확실히 배운 건 있어요. 사랑하는 사람들을 위해 굳건히 자신을 지키는 것. 그게 얼마나 큰 위안이 되는지를 배웠어요. 고 작가님이 지난 편지에 일상을 함께 보내는 사람들, 그냥 '우리'가 모여 가족이 되고 싶다고 쓴 글을 읽었어요. 전 제 소중한 사람들에게 제가 잘 할 수 있는 모습으로 가족이 되려고요. 시간이 지나도 지금 의 모습을 간직하고 지켜가는 사람, 그런 가족이 되고 싶어요.

철가면을 쓴 아이

＊ 가면

중학생 때 저희 반에 별명이 '철가방'인 친구가 있었어요. 중학생인데도 자장면 배달 아르바이트를 했거든요. 학교에 몰래 배달용 오토바이를 타고 올 때도 있었죠. 그런데 갑자기 그 친구가 한 달 넘게 학교에 나오질 않았어요. 선생님도 이유를 정확히 말해 주지 않았고요. 한참이 지나서 철가방은 검은색 마스크를 쓴 채로 나타났어요. 알고 보니 오토바이를 타다가 교통사고가 크게 났고, 턱이 으스러져 안면 재건 수술을 받았던 거예요. 그 아이는 턱을 움직이는 게 어색하다 보니 어떤 표정을 지어도 부자연스럽게 보였어요. 몇 번 철없던 친구들의 웃음거리가 되더니, 그 애의 얼굴에서 표정이 사라졌어요. 꾹 다문 입 양쪽에는 철심을 박은 흔적들만 남아 있었죠. '철가방'이란 별명은 어느새 '철가면'으로 바뀌었어요. 그 아이는 괘념치 않은 듯, 진짜 가면을 쓴 것처럼 똑같은 얼굴로 학교를 다녔어요. 요즘 그 애 생각이 나요. 그때 그 아인 정말 괜찮았던 걸까요?

살다 보면 감정과 표정을 일치시키지 말아야 하는 때가 있어요.

그럴 때 사람들은 저마다의 가면을 쓰지요. 예전에 전 웃는 얼굴이 무조건 정답이라 생각했어요. 마음은 울고 있어도, 겉으론 무슨 수를 쓰든 웃으려고 애썼죠. 그렇게 힘겹게 웃은 날에는 토라진 제 마음을 애써 추슬러야만 했어요. 두 시간이나 지하철을 타고 찾아간 회의 자리에서 약속된 화료를 절반밖에 주지 못하게 되었다는 이야기를 들었을 때도 전 웃었어요. 그리고 집에 오는 내내 웃을 게 아니라 화를 내야 했나를 두고 두 마음이 치열하게 전쟁을 벌였죠. 그 뒤로도 치졸한 고민, 뻔뻔한 부탁, 치사한 의도 앞에서 제 마음은 계속 전쟁 상태였어요. 그런데 어느 쪽이 이기든 결국 다치고 박살나는 건 제 마음이더라고요. 여러 차례 비슷한 경험을 하고서야 때에 맞는 여러 개의 가면이 필요하단 걸 알게 됐어요. 냉정하게 거절하거나 단호하게 화낼 줄도 알아야 했던 거예요. 지금은 저도 언제든지 꺼내 쓸 수 있는 여러 개의 가면을 가지고 있어요. 목적은 단 하나, 그 어떤 상황에서도 마음이 다치지 않도록 지키는 거예요. 마치 중학생 때 그 친구가 썼던 철가면처럼요. 비웃음과 놀림이 계속될수록 그 녀석은 애써 표정을 지웠어요. 그 딱딱하고 차가운 얼굴 뒤에는 자신을 지키기 위한 필사적인 노력이 있었다는 걸 이제는 알 것 같아요.

얼마 전 어느 학교에서 철가면을 쓴 또 다른 아이를 만났어요. 그 아이는 마음에 철가면을 쓴 친구였죠. 수업 내내 엎드려 있던 게 신경이 쓰여 말을 좀 붙여 봤지만 대답이 없었어요. 다른 아이들은 "걔는 원래 그래요."라고 말하고, 담임선생님마저 반쯤 포기한 모양이었어요. 준비물을 나눠 줄 때도 그 아이는 건너뛰고 준비물을 전하는 모습에 전 조금 화가 났어요. 오기가 생겨 엎드려 있는 아이 손에 억지로 연필을 쥐어 주고, 다른 준비물도 옆에 가지런히 놓아두었죠. 그 녀석은 내내 엎드려 있었지만, 왠지 제 행동을 모두 보고 있다는 느낌을 받았어요. 한 시간쯤 지났을 때, 드디어 그 아이가 일어나더군요. 놀랍게도 제가 한참 전에 쥐어 준 연필을 손에서 놓지 않은 상태였어요. 그 애는 자고 있던 게 아니었어요. 엎드려서 기다리고 있었던 거였죠. 다른 아이들은 벽돌 블록으로 만들기를 하고 있었는데, 제가 책상 옆에 놓아둔 준비물을 확인하더니 그 아이도 따라 만들기 시작했어요. 그다음은 어땠을까요? 지우개나 가위를 빌려 달라는 등 작은 부탁을 하더라고요. 전 이름이 뭔지, 벽돌로 뭘 만드는 중인지 물어보았고 그 친구는 짧지만 분명하게 대답을 했어요. 반 아이들은 의외의 상황

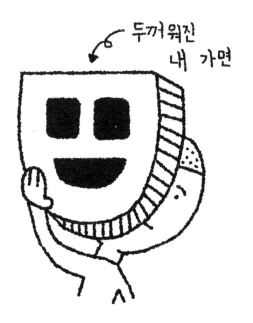

두꺼워진
내 가면

에 조금 놀란 듯 보였어요. 전 여전히 그 아이의 상황이나 고민을 잘 알지 못해요. 하지만 그날 보여 준 행동이 변화의 시작이 되었을 거라 믿고 싶어요.

　　우리가 마음을 지키기 위해 쓴 철가면은 너무 무겁고 두꺼워서 결코 깰 수 없는 것처럼 보여요. 하지만 가면을 깨뜨릴 순 없어도, 가면을 붙든 손을 잡아 줄 순 있어요. 혹시 아나요? 그 손이 결국 가면을 툭, 떨어뜨릴지. 잠시라도 가면을 내려놓은 누군가의 맨얼굴을 마주하면, 우리가 서로를 얼마나 오해하고 있었는지를 깨닫게 돼요. 살다 보니 이렇게 서로 손을 내어 주고 잡아 주는 경우가 종종 있더라고요. 진심 어린 지지와 응원으로 가면이 벗겨지는 순간에는 가면의 보호가 없더라도 마음이 다치지 않았어요. 만약 이 사실을 중학생 때 깨달았다면 얼마나 좋았을까요? 그때 철가방에게 너의 웃는 얼굴이 보고 싶다고, 그 얼굴이 참 보기 좋다고 말해 준 사람이 있었더라면 그 친구는 그토록 필사적으로 표정을 지우진 않았을 거예요. 철가방이 웃음을 잃어버린 그때가 자꾸만 아쉬워요.

산타는 낮잠 중

＊

크리스마스

작년 마지막 날이었어요. 전 한 달 동안 걸어 둔 크리스마스 장식을 슬슬 걷어야 하나 고민하던 중이었죠. 그때 불쑥 저에게 산타가 찾아왔어요. 아주 지친 채로, 온몸을 떨면서요. 아내와 전 고민 끝에 산타를 납치해 버렸어요. 산타를 위해 제 방을 내어 주고 두툼한 담요를 덮어 주었죠. 따뜻한 물과 든든한 식사도 준비했고요. 대접이 마음에 들었는지 산타는 지금까지 저희와 함께 지내고 있어요. 이제 곧 크리스마스가 다가오지만 전 이대로 산타를 저희 집에 둘 생각이에요. 올해 크리스마스엔 어디에서도 산타를 볼 수 없을 거예요. 지금 침대 위에서 낮잠을 즐기는 중이거든요. 오늘은 기적처럼 찾아온 우리 집 산타, 누렁이 이야기를 들려 드릴게요.

지난해 여름, 큰 기대를 안고 새로운 동네로 이사 왔지만 주변에 쉽게 정을 붙일 수가 없었어요.

아는 사람이 하나도 없는 데다가 각종 정비 사업으로 동네가 어수선했거든요. 집은 예전보다 넓어졌지만 마음은 더 좁아진 기분이었어요. 그나마 아파트와 연결된 야트막한 뒷산이 유일한 위안이었죠. 아내와 전 틈만 나면 뒷산으로 향했어요. 그리고 어느 날, 뒷산 산책길에서 고양이 한 마리를 만났어요. 온몸이 노란 고양이었죠. 보통 길고양이는 사람의 발소리만 듣고도 경계를 하거나 도망가기 바쁜데, 이 녀석은 인기척을 두려워하지 않았어요. 수풀 사이에 가만히 몸을 웅크린 고양이와 눈인사를 나누었어요. 한참 멀어질 때까지 같은 자리에서 절 지켜보더라고요. 그 뒤로도 종종 산에 갈 때마다 이 고양이를 만날 수 있었어요. 유난히 발이 통통하고 꼬리가 고구마처럼 짧아서 다른 고양이들과 분명히 구분할 수 있었죠. 왠지 고양이도 우릴 기억하는 듯했어요. 아내와 전 이 특별한 고양이에게 '누렁이'란 애칭을 지어줬어요.

가을이 되면서 정신없이 바빠진 탓에 뒷산에 거의 가지 못했어요. 이름을 붙여 준 것이 무색할 만큼 누렁이를 잠시 잊고 살았죠. 조금 숨통이 트인 12월부터 다시 산에 올라 누렁이를 찾아봤지만, 거처를 옮겼는지 통 만날 수가 없었어요. 누렁이가 자주 놀던 언덕, 앉아 쉬던 바위도 그새 다른 고양이 차지가 됐어요. 겨울은 길고양이에게 특히 가혹한 계절이에요. 아내와 전 최악의 가능성까지 염두에 두고 있었지만, 그래도 누렁이가 어딘가에서 무사히 잘 지낼 거라 믿고 싶었어요.

그러던 작년 마지막 날, 아내가 다급한 목소리로 절 부르더니 아파트 카페에 올라온 글을 보여 주었어요. 누군가 아파트 단지를 떠도는 고양이가 걱정된다며 사진을 올렸더라고요. 밤에 찍은 것이라 어둡고 흐릿했지만 전 대번에 알아차릴 수 있었어요. 그 특유의 꼬리 모양과 통통한 발, 바로 누렁이였죠. 사라진 줄 알았던 누렁이가 지친 몸으로 아파트 안을 배회하고 있었던 거예요. 영역 싸움에서 밀린 탓에 다른 곳을 떠돌다가 겨우 돌아온 듯 보였어요. 유달리 추운 날이었고, 밖에선 거센 바람이 불었어요. 사진 속 누렁이는 이런 날씨를 버티기 어려운 아슬아슬한 모습이었죠. 더 이상 지체할 수 없었어요. 아내와 전 결심했어요. 누렁이를 데려오기로요.

옷을 겹겹이 껴입고 고양이 이동장과 간식을 챙겨 밖으로 나섰어요. 사진이 찍힌 장소로 가 봤지만, 누렁이는 없더군요. 우린 무작정 동네를 돌아다녔어요. 간식을 흔들고, 누렁이 이름을 부르면서도 속으론 정말 찾아낼 수 있을까 걱정이 들기도 했어요. 너무 추워 지하 주차장으로 숨어들거나 산으로 도망쳤을 가능성도 있으니까요. 그렇게 한참이 지나고 포기하는 마음으로 집에 돌아오는데, 기적처럼 고양이 울음소리가 들렸어요. 마치 우리가 올 것을 기다린 것처럼 멈추지 않고 야옹야옹 소리가 이어졌어요. 최대한 신경을 집중해서 소리를 따라갔더니 집 근처 분리수거장에 숨어 있던 누렁이가 고개를 내밀었어요. 초췌한 모습이었어요. 산책길에서 만났을 때도 직접 만져 볼 일은 없었는데, 누렁이는 이미 지친 탓인지 우리가 쓰다듬어도 가만히 앉아 있었어요. 그대로 안아 올려 이동장에 넣었죠. 누렁이의 무게는 날아갈 듯 가벼웠지만, 집으로 데려오는 제 손길에는 책임감이란 묵직한 무게가 느껴졌어요. 집에 도착해 제 방을 임시 거처로 꾸몄어요. 사료를 따뜻하게 데워 주니 허겁지겁 먹더라고요. 의자 위에 담요를 덮어 숨을 장소를 마련해 두고 방을 나왔죠.

아내와 앞으로의 일들을 상의했어요. 우선 아파트 카페에 누렁이를 구출했다는 글을 쓰기로 했어요. 카페에서 본 사진 덕분에 누렁이를 찾을 수 있었으니, 무사히 데려왔다고 알리는 게 도리인 것 같았어요. 누렁이를 구출한 경과를 카페에 올렸더니 아주 재미있는 일이 벌어졌어요. 순식간에 댓글이 수십 개가 달렸어요. 이미 누렁이의 존재를 알고 있는 사람들이 많더라고요. 누렁이가 아파트를 돌아다니는 사이 꽤 많은 사람들이 이 고양이를 목격했고, 저마다의 이름을 붙여 챙겨 주고 있었던 거예요. 누렁이는 꼬마, 애기, 치즈, 나비 같은 이름들을 더 가지고 있었죠. 많은 이웃들이 응원과 감사의 메시지를 보내 주셨어요. 낯설게만 느껴졌던 이 동네에 처음으로 따뜻한 연결 고리가 생긴 기분이었어요. 어떤 분은 사료와 간식을 챙겨 집으로 가져다 주셨어요. 앞으로 누렁이의 접종과 치료는 무조건 반값으로 해 주겠다며 연락하신 동물병원 원장님도 있었고요. 크리스마스 선물이 뒤늦게 찾아온 것 같았어요. 그 선물을 들고 우리에게 온 건 노란색 옷을 입은 귀여운 산타클로스였죠.

누렁이를 데려온 지 일 년이 되었네요.

그사이 누렁이는 살이 좀 붙었고, 하루 대부분을 잠으로 보내는 느긋한 고양이로 변했어요. 가끔 제 방 창문을 열어 두면 누렁이는 창가에 앉아 한참을 밖을 내다보고 돌아가요. 창밖으로 누렁이를 데려온 바로 그 장소가 보이거든요. 혹시나 밖을 그리워하는 걸까 서운한 맘이 들다가도 금세 다가와 제 턱에 머리를 부비며 애교를 부리는 이 녀석을 사랑하지 않을 수 없어요.

사실 전 누렁이에게 다른 이름을 붙여 주고 싶었어요. 누렁이는 보통 강아지에게 붙이는 이름인데다가 좀 촌스럽잖아요. 고심 끝에 정한 이름 몇 개를 말했더니, 아내는 처음부터 누렁이였고 데려오던 때도 누렁이란

꿀잠 중인 누렁이

이름을 듣고 울었으니 무조건 누렁이여야 한다고 우겼죠. 지금 누렁이를 보면 다른 이름은 전혀 상상되질 않아요. 나비, 꼬마 어쩌다 애기로도 불렸던 이 고양이는 우리에게 와서 누렁이가 됐어요. 누렁이 덕분에 낯설기만 했던 이 동네에 조금은 뿌리를 내릴 수 있었죠. 누렁이를 통해 처음으로 인사를 나눈 이웃도 생겼고요.

침대로 가서 노란 옷의 산타를 흔들어 깨워 봐요. 졸린 눈을 슬며시 뜰 뿐, 일어날 생각이 없네요. 어쩌죠? 올 크리스마스엔 아무래도 산타 선물을 받긴 힘들 것 같아요. 대신 고 작가님께 귀여운 누렁이 그림을 보여 드릴게요. 이걸로 용서해 주세요.

꿈의 근육

✳ 꿈

혹시 거절할 수 없는 제안을 받아 본 적 있나요? 전 십 년 전쯤 그런 제안을 받은 적이 있어요. 친구들과 여행 중에 전화 한 통이 걸려 왔어요. 제가 평소 선망하던 설계 사무소에서 온 연락이었어요. 일 년간 인턴십을 해 보지 않겠냐는 제안이었죠. 전 앞뒤 잴 것 없이 덥석 제안을 받아 들였어요. 돌이켜 보면 참 무모했어요. 전화를 끊자마자 바로 서울로 돌아가 대학교에 휴학계를 냈거든요. 그만큼 가고 싶던 회사였고, 늘 꿈꿔 왔던 건축가의 길에 한 발짝 다가간 기분이 들었어요.

첫 출근하던 날을 아직도 잊지 못해요.

제도판이 딸린 책상, 두꺼운 건축법 서적들, 복잡하게 쌓인 설계도 더미 같은 걸 상상하며 회사를 찾아갔어요. 그런데 자리를 안내해 주겠다는 대리님은 계단을 한참이나 내려가더니 지하에 있는 방 하나를 가리키더라고요. '모형실', 모델하우스 같은 곳에 가면 볼 수 있는 건축 모형을 만드는 방이었어요. 그게 바로 제 자리였죠. 방 안에 먼지가 어찌나 날리던지, 들어서자마자 재채기가 나왔어요. 책장에는 철사, 나무판, 아크릴 같은 모형 재료들이 가득 쌓여 있었고, 방 곳곳에는 쓰레기들이 뒹굴고 있었죠. 게다가 환기도 제대로 되지 않는 곳에서 얼마나 스프레이를 뿌려 댔던지 악취가 진동했어요. 절 안내해 준 대리님은 이전에 있던 인턴들이 제대로 정리를 하지 않았다며 제게 청소를 부탁했어요. 산업용 방진 마스크 한 장을 건네면서요. 전 방독면처럼 생긴 마스크를 쓰고 사흘간 그 방을 치웠어요. 쓰다 버린 칼날들 때문에 몇 번 손을 베이고는 면장갑 대신 가죽 장갑을 꼈죠. 쓰레기가 100리터들이 봉투로 열 봉지가 넘게 나왔어요. 얼룩진 책상도 닦아 내고, 마구잡이로 수납된 재료들도 종류와 크기별로 분류했죠. 오자마자 무슨 고생인가 싶다가도 처음 맡은 일이니 잘 해내겠단 각오로 겨우 해낼 수 있었어요.

정리를 마치자 다음으로 주어진 임무는 '나무 만들기'였어요. 당시 회사에서 미술관을 설계하고 있었는데, 문제는 그 미술관이 거대한 숲 사이에 있단 거였죠. 미술관 주변의 숲을 표현하기 위해 수천 그루의 미니어처 나무가 필요했어요. 갈색 철사를 꼬아 가지를 만들고 그 위에 초록색 스펀지로 잎을 붙이면, 1/100 크기의 나무 모형이 하나 완성됐죠. 일주일 동안 나무 천 그루를 만든 다음, 일기장에 '나무꾼이 된 것 같다.'라고 썼어요. 거기서 끝이 아니었어요. 덤불과 차밭, 숲 사이에 놓일 바위들과 연못도 필요했죠. 위층에서 직원들이 치열하게 미술관 건물을 설계하는 동안 전 숲을 만들기 바빴어요. 같은 공간에라도 있었다면 곁눈질로 실무를 구경할 수 있었겠지만, 전 혼자 외로이 나무만 세우고 있었어요.

어느 날은 나무 모형들을 보다가 꼭 제 처지 같단 생각이 들었어요. 미술관 옆에 그저 서 있을 뿐인 나무처럼 그 모형실에서 영영 머물다 끝날 것 같았죠. 그 뒤로도 몇 달간 제가 맡은 일은 크게 달라지지 않았어요. 오피스텔 설계에선 도로와 가로등 모형을 만들었고, IT업체의 사옥 프로젝트에선 벤치 모형을 제작하고 있었어요. 때로는 사무실에 필요한 비품을 사러 마트를 간다던가, 야식 주문을 받아 배달하는 일도 맡았고요. 아무리 인턴이라지만 겉만 맴도는 일을 계속하고 싶진 않았어요.

결국 약속한 일 년을 채우지 못하고 그만뒀어요. 예전 편지에도 한 번 쓴 적이 있었죠. 7개월가량 근무를 하고 제게 남은 건 300만 원의 통장 잔고와 쓸쓸한 마음뿐이었다고요. 인턴 기간 동안 건축을 향한 제 열정은 차갑

나무꾼이 된 인턴

숲 모형

미술관 부지

게 식어 버린 듯했어요. 대신 제 안에서 고집스럽고 이상한 욕심 하나가 생겨났어요. 아무리 작고 하찮은 일이더라도 '나만의 것'을 하고 싶단 욕심이었어요. 중심에 있지 못하고 겉만 돌았던 시간이 그런 욕심을 만들었나 봐요. 그 욕심이 절 어디로 이끌었을까요? 회사를 그만둔 뒤 혼자서 할 수 있는 것을 찾아 여러 영역을 떠돌았어요. 다양한 공모전에 나가 보기도 하고, 글을 쓰기 시작했죠. 책을 읽는 시간도 늘었어요. 몇 달 뒤엔 친구들과 작은 공간을 마련해 작업실을 꾸렸어요. 재미있게도 그 작업실은 제가 인턴 때 머물던 모형실과 거의 비슷한 크기였어요. 좁고 복잡한 책장, 더러운 바닥, 고약한 냄새가 난다는 것까지 닮았죠. 하지만 큰 차이가 있었어요. 그 공간에선 누구의 지시도 없이 하고 싶은 일들을 할 수 있었어요. 동화를 몇 편 썼고, 광고 콘티를 짰어요. 관절 인형을 이용해서 짧은 애니메이션을 찍어 보기도 했고요. 바닥에 굴러다니던 색연필로 그림을 그렸더니 작업실 친구들이 개성 있다며 칭찬해 주었죠. 그 말에 용기를 내어 조금씩 그림책을 만들어 봤어요. 지금 세상에 내놓은 책들이 그때부터 시작됐죠. 제가 만든 책 안엔 포기하고 싶었던 건축 이야기도 들어 있어요. 혼자 모형실에서 보냈던 일곱 달은 실패로 끝나지 않았어요. 오히려 새로운 창작을 위한 힘과 오기를 마련해 주었어요.

전 이걸 '꿈의 근육'이라 부르고 싶어요.

얼마 전 운동을 하다 근육이 어떻게 자라는지 배웠거든요. 근육은 찢어지고 상처 난 부분이 아물면서 성장하는 것이래요. 꿈을 좇다 보면 기대보다 훨씬 더 많은 실망과 좌절이 뒤따른단 걸 알게 돼요. 그리고 그 상처가 아문 자리는 우리의 꿈을 더 크고 단단하게 성장시킬 근육이 되어 주죠. 만약에 십 년 전의 저를 만날 수 있다면 앞으로 겪게 될 실패들을 알려 주고 싶어요. 그리고 넌 포기하지 않을 거란 응원도요.

요즘 꿈의 근육을 키워 가던 그 시절이 자꾸 생각나요. 새로운 일에 도전하는 걸 점점 꺼리게 되더라고요. 다시 근육을 단련할 때가 된 걸 느껴요.

연필을 깎고, 종이를 골라요. 무엇이 됐든 일단 시작해 보려고요. 바로 지금요.

한여름 눈사람

✳ 눈

몇 년 전 여름에 우즈베키스탄에서 나흘간 머물렀던 적이 있어요.

평생 마신 맥주의 대부분을 그 나흘 동안 마셨을 거예요. 우즈베키스탄의 여름밤은 무척 더웠고, 밤엔 외지인이 숙소 밖을 나갈 수 없었어요. 게다가 맥주는 정말 싸고 맛있었거든요. 달리 뭘 하겠어요? 호텔 로비에 죽치고 앉아 현지 가이드가 사다 준 맥주를 마셨어요. 전 취기와 불안감 사이에서 헤엄 치고 있었죠. 당시 '아시아 국가 간 협력 체계 구축을 위한 스토리 콘텐츠 교류 사업'이란 길고 복잡한 이름의 프로젝트에 참여 중이었어요. 중앙아시아의 글 작가와 한국의 그림 작가가 협력하여 그림책을 만드는 사업이었죠. 우즈베키스탄에는 자료 조사와 답사를 위해 간 거고요.

하지만 이 답사는 시작부터 문제가 있었어요. 우즈베키스탄 작가의 글에 묘사된 풍경이나 사람들을 잘 그리기 위한 답사인데, 전 글을 받지 못했거든요. 함께 간

다른 작가들은 출국 몇 주 전에 원고를 받은 덕분에 이야기에 따라 무엇을 집중적으로 조사하고 스케치할지 정할 수 있었어요. 그래서 어느 작가는 동물들을 스케치하는 데 열을 올리고, 누구는 박물관의 악기들을 전부 사진으로 찍어 두었죠. 현지에서 만난 농부들의 모자나 옷 패턴을 모으는 작가도 있었고요. 하지만 전 출국하기 직전까지도 어떤 자료를 모으고 그려야 할지 감이 오질 않았어요. 모든 가능성을 열어 둔 채, 나흘간 최대한 많이 보고 듣고 느껴야만 했죠. 좌판에 깔린 과일들부터 판매용으로 전시해 둔 양탄자의 복잡한 무늬와 시시각각 변하는 하늘의 색깔까지 어느 것 하나 그냥 지나칠 수 없었어요. 일찌감치 자료 수집을 끝낸 일행들이 기념품을 구경하는 동안에도 저는 제 주위의 모든 것들을 담으려고 애쓰고 있었어요. 수시로 휴대폰을 꺼내 사진을 찍고, 틈만 나면 그림을 그렸죠. 분명한 목표를 갖고 차근차근 그림책의 뼈대를 세워 가던 다른 작가들이 얼마나 부러웠는지 몰라요. 일행들은 밤마다 한숨을 푹푹 쉬며 맥주를 마시는 절 지독한 술꾼으로 기억하고 있을 거예요.

맥주와 수많은 기억들로 꽉 채운 나흘간의 일정이 끝나고 한국에 돌아오니 그제야 원고가 도착했어요. 순서가 거꾸로 되는 바람에 속상하긴 했지만, 기대를 품고 글을 읽어 봤죠. 그런데 세상에, 제가 받은 건 배경이 겨울인데다 주인공이 눈사람인 이야기였어요. 제가 얼마나 황당하고 낙심했는지 상상이 가시나요? 전 한여름 우즈베키스탄의 모든 것을 담으려고 애쓰다 돌아왔다고요! 눈사람이 주인공인 줄 알았더라면 현지인을 붙잡고 여긴 어떻게 눈을 굴리는지, 눈사람의 얼굴은 무엇으로 만드는지 물어봤을 거예요. 결국 제게 남은 건 별 쓸모가 없어진 수백 장의 사진들과 낙서가 되어 버린 스케치들이었죠. 전 왜 눈사람과는 백만 광년쯤 떨어진 여름의 풍경을 모으느라 시간을 낭비했던 걸까요. 맥이 풀리고 기운이 빠지더라고요. 제가 실망했다고 해서 '아시아 국가 간 협력 체계 구축을 위한 스토리 콘텐츠 교류 사업'이란 거창한 프로젝트가 취소될 일은 없었어요. 전 처음부터 다시 시작해야만 했고, 작업할 시간이 무척 촉박했어요.

자포자기의 심정으로 사진과 그림들을 살펴봤어요.

정말 많은 것을 찍고 그렸더군요. 온갖 물건들, 사람들, 건물들을요. 각종 요리와 공예품, 시장의 가게들, 거리를 쏘다니던 날씬한 개와 고양이들, 아직도 망치로 두드려 물건을 만드는 대장간, 날것 그대로 걸어 둔 고깃덩어리와 몰려드는 파리들, 맑고 깨끗한 하늘, 여전히

눈사람

사람들이 살고 있는 수 천 년이나 된 유적지와 담벼락 낙서도 있었어요. 그리고 그곳에서 만난 사람들도 다시 기억났어요. 자꾸 과일을 권하던 가게 아주머니, 웃으며 그릇을 치우던 젊은 종업원, 곁을 지나가던 대가족, 선글라스를 떨어뜨렸다며 쫓아와 알려 준 어린이, 함께 사진을 찍자고 다가온 한 무리의 대학생들이 있었죠. 고작 나흘간의 일정이었지만, 제가 떠난 그 어떤 여행보다 더 많은 기억들을 가지고 돌아왔단 걸 깨달았어요. 전전긍긍하며 사진을 찍고 스케치를 하느라, 그 기억들은 하나로 이어진 경험이라기 보단 수없이 많은 조각으로 남아 있지만 말이에요. 그러니 제가 할 일은 그 조각들을 최대한 꿰어 보는 일이었어요.

우선 시장에 진열된 야채들을 꽂아 만든 눈사람을 상상해 봤어요. 그 위에 박물관에서 봤던 곰 가죽 망토를 잘라 만든 겨울 모자를 얹고요. 궁전에서 보았던 두터운 나무문과 미술관 앞 철제 벤치를 연결해 책 속 침대를 만들었죠. 숲의 나무들, 고요한 적막과 눈 덮인 들판, 나팔 소리와 눈썰매가 이렇게 탄생했어요. 전 이국적인 땅에서 그러모아 온 여름의 조각들로 겨울을 직조해 나갔죠. 전 이 깨달음을 콜라주를 이용해서 표현했어요. 다행히도 책 한 권 분량을 만들 만큼의 재료는 있었어요. 겨우 마감 시간에 맞춰 그림을 완성하고 나니, 그

때까지 제가 그려 온 책과 전혀 다른 스타일의 그림책 한 권이 만들어지게 됐어요.

나중에 한국에 온 우즈베키스탄 글 작가를 직접 만날 기회가 있었어요. 풍채가 좋고 서글서글한 인상을 가진 분이었는데, 제 그림이 마음에 든다며 무척 좋아하셨어요. 전 작게 불만을 털어놓았어요. 우즈베키스탄의 여름을 모아 왔더니 겨울 이야기를 받았다고요. 글 작가는 크게 웃더니, 아름다운 대답을 들려줬어요.

"한여름에 눈사람을 만들었네요."

작년 겨울, 눈이 소복하게 쌓인 어느 밤에 눈사람을 만들었어요. 힘겹게 눈덩이를 굴리는 제게 아저씨 한 분이 자긴 눈사람을 두 개나 만들었다고 자랑을 하더라고요. 한참을 굴렸는데도 여전히 축구공만 한 제 눈덩이를 보고 한 말이었어요. 하지만 그런 말을 듣고도 조금도 기죽지 않았어요. 전 여름에도 눈사람을 만들어 낸 사람이니까요. 그건 아무나 할 수 있는 일이 아니죠! 다시 눈이 내린다면 여름에도 눈사람을 만든 제 실력을 제대로 뽐내 볼 거예요. 모자도 씌우고 단추도 열 개쯤 달고요. 어쩌면 그 눈사람은 봄의 따뜻한 공기마저 이겨 내고 여름까지 절 기다려 줄지도 모르겠어요.

바게트 상상력

＊ 빵

고1 때, 같은 반에 민성이란 아이가 있었어요. 덩치가 크고 인상이 험악한 친구였죠. 서로를 잘 모르던 학기 초였는데도 그 아이 주위를 떠도는 소문은 흉흉했어요. 소년원을 다녀왔다든가, 중학생 때 사고를 크게 쳤다든가 하는 말이 돌았죠. 선생님들도 걔한텐 다가가기 힘들어 하는 눈치였어요. 떠들썩한 쉬는 시간에도 민성이만 나타나면 괜히 반 전체가 조용해지는, 그런 아이였어요.

당시 전 영어 학원 새벽반을 다니고 있었어요. 영어를 일찌감치 끝내 버리고 나머지 과목에 집중해 수능 만점에 도전한다는 치밀한 계획이었다…는 건 당연히 거짓말이고, 사실 아침잠이 많아 매일 지각하는 제 생활 습관을 고치고 싶어서 과감히 등록한 거였어요. 어떻게 됐을까요? 학원에 너무 자주 빠지는 바람에 두 달도 못 가 그만뒀어요. 새벽마다 저희 집 앞에서 기다리던 학원 버스 기사님한테 잔뜩 혼만 났고요. 결국 일찍 일어나는

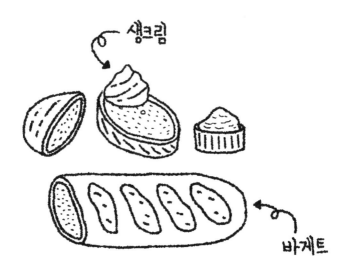

생크림

바게트

습관도, 영어 성적도 얻지 못했지만 그 새벽반이 준 선물은 따로 있었어요. 겨우 일어나 학원을 갔던 날엔 평소보다 일찍 등교할 수 있었거든요. 당연히 제일 먼저 도착했거니 하고 교실 문을 열어 보면 늘 민성이가 자리에 앉아 있었어요. 알고 보니 민성이는 항상 학교에 일등으로 오는 애였어요. 소문을 알고 있던 저는 괜히 말을 걸거나 다가갈 용기가 없었죠. 다른 친구들이 등교할 때까지 교실에는 숨 막히는 침묵만 감돌았어요.

그러던 어느 날 아침이었어요. 평소처럼 어색한 기류가 감돌던 교실에 둘이 앉아 있는데, 민성이가 갑작스레 말을 걸어왔어요. 정말 의외의 말이었어요. 제가 들은 소문대로라면 '야, 돈 좀 있냐?'라든가, '담배 피우러 갈까?' 같은 말이어야 할 텐데, 정작 그 친구가 제게 했던 말은 "빵 먹을래?"였죠. 얼빠지게 쳐다보고 있었더니, 민성이는 가방에서 투명한 비닐봉지를 꺼냈어요. 봉지 안에는 얇게 썬 바게트가 수북이 담겨 있었죠. 민성이는 바게트 한 조각을 집어 제게 건넸어요. 바게트 위엔 새하얗고 폭신한 게 얹혀 있었어요. 이렇게 먹는 게 맛있다며 생크림을 푹 찍어 준 거였어요.

학원을 금방 그만두는 바람에 민성이와의 비밀스러운(?) 만남이 오래 가진 못했지만, 내게 민성인 더 이상

소문 속 험악한 사람이 아니었어요. 민성이를 둘러싼 소문은 진짜였을까요? 확실한 건 그 애가 건네 준 바게트와 그 위에 듬뿍 올린 생크림만은 진짜였단 거죠. 그 부드럽고 고소한 맛이란! 우리는 바게트를 나눠 먹었어요.

자기가 좋아하는 걸 선뜻 내 줄 수 있는 사이를 친구라고 부른다면, 그날 우린 친구가 됐어요. 지금도 빵집에서 갓 나온 바게트를 보면 민성이 생각이 나요. 낯설고 긴장된 학교의 공기, 누군가를 오해하기 쉬웠던 어설픈 열일곱 살의 아침도 떠올라요. 그 친구가 유일하게 부릴 수 있는 사치가 아침 대용으로 먹는 바게트에다 500원짜리 생크림을 추가하는 것이란 걸 나중에 알게 됐죠. 아무리 덩치가 크고, 인상이 험악하고, 소문이 흉흉해도 바게트 위에 알뜰살뜰 생크림을 올려 먹는 민성이의 모습을 상상할 수 있었다면 아이들의 생각도 달라졌을 거예요.

오해와 편견은 참 힘이 세죠.

얼마나 센지, 곧장 사실로 받아들여질 정도예요. 나쁜 점을 과장하고 부풀린다는 점에서 오해와 편견도 상상의 일종일 거예요. 그러면 반대로 한 사람 안에서 의외로 따뜻하고 귀여운 면모를 찾아내는 이런 상상력은 뭐라 불러야 할까요? 제 맘대로 이걸 '바게트 상상력'이라 이름 붙여 볼게요.

　　대학 졸업 학기 때, 졸업생들에게 유독 학점을 짜게
주는 것으로 악명 높은 교수님이 있었어요. 학점 때문에
취업을 목전에 둔 학생들이 쩔쩔 매는 걸 즐긴다는 소문
이 있을 정도였어요. 여러 기준을 깐깐하게 들이대는 바
람에 모두가 싫어하는 분이었죠. 어느 날 우연히 학교
앞 포장마차에서 그 교수님이 붕어빵을 사 먹는 장면을
목격한 적이 있어요. 몇 개를 살지, 무슨 맛으로 할지 한
참을 고민하더니 양복 안주머니에서 천 원짜리 몇 장을
꺼내 계산하더라고요. 그 모습을 보니 까다롭게만 보이
던 그분이 왠지 친숙하게 느껴졌어요. 아마도 전날 퇴근
길에 붕어빵을 파는 걸 목격했겠죠. 보통 포장마차는 현
금만 받는데, 그날은 현금이 없었던 거예요. 다음엔 기
필코 사 먹어야지 다짐하며 다음날 착실하게 현금을 챙
겼을 테고, 혹시나 거스름돈이 없을까 봐 천 원짜리까지
양복 주머니에 넣어 둔거고요. 혼자서 이런 상상을 이어
가다 보니 어느새 날카롭고 뾰족한 교수님의 인상이 따
뜻한 붕어빵처럼 훈훈해졌어요. 친구들한테 이날의 목
격담을 전했더니 깔깔대며 웃었어요. 그 인간도 인간이
네! 미움이 한 꺼풀 벗겨진 웃음소리였죠.

계약 문제로 절 힘들게 하던 부동산 중개인의 옷에서 고양이 털 한 가닥을 발견했을 때, 제가 무엇을 떠올렸을까요? 이 사람도 집에선 애교 넘치는 목소리로 고양이를 부를 거라 상상하니 좀 견딜 만하더라고요. 도로를 질주하는 난폭 운전자를 만나더라도 급성 설사를 떠올리면 이해할 수 있어요. 횡단보도 앞에서 내뿜는 담배 연기도 금연 결심 전 최후의 한숨이라 여길 수 있고요. 전 아직도 우리가 일말의 온기를 가진 존재라고 믿고 싶어요. 그리고 사람을 향한 믿음을 유지하는 데 이 상상력은 큰 힘이 돼요.

하지만 꼭 부정적인 모습을 반전시키는 용도로만 바게트 상상력이 동원되는 건 아니에요. 간혹 도서관에서 빌린 책을 읽다 책갈피를 꽂는 지점에 누군가가 이미 멈췄던 흔적을 발견할 때가 있어요. 책 귀퉁이에 작게 책을 접은 표시, 가름끈이 놓인 위치 같은 것들이요. 그러면 괜히 이 사람과는 말이 잘 통할 것 같단 느낌이 들어요. 같은 책을 고르고, 같은 위치에서 쉬어 갔다는 점만으로도 만난 적도 없던 사람과 친밀감을 형성하는 거예요. 전 이런 상상을 좀 더 자주 하고 싶어요.

갈수록 삭막해지는 이 세상에서 우리가 여전히 사람을 만나고 친구를 사귈 수 있는 건, 각자의 상상력 덕분이라 생각해요. 주변에 팽배한 편견과 오해만큼이나 우리는 서로의 따뜻한 모습을 찾아내려는 필살의 노력을 기울이고 있는 거죠. 이마저도 세상을 향한 제 바게트 상상력일까요? 이건 상상이 아니라 꼭 사실이면 좋겠어요.

미끄럼틀 뛰어넘기

✳ 그림책

어린 시절, 저희 동네엔 '그네 멀리 뛰기'가 인기였어요.

그네를 타던 중에 뛰어내려 누가 더 멀리 가는지 겨루는 놀이죠. 더 멀리 뛰기 위해 그네를 선 채로 타기 때문에 균형 감각과 다리 힘, 그네를 박차고 뛰는 기가 막힌 타이밍이 요구되는 고난도 스포츠였어요. 순간 점프력을 높이기 위해 무릎과 엉덩이 자세를 연구하거나, 땅과 그네의 각도가 45도가 되어야 한다며 과학적인 이론을 내세우는 아이도 있었어요. 아무튼 어른들이 보기엔 단순한 놀이처럼 보일지라도 우리에겐 진지한 경기였고, 동네에 소문난 선수들이 그네를 뛰는 날엔 관중들도 꽤나 모였죠.

제가 주로 가던 집 앞 놀이터는 미끄럼틀이 그네를 가로막고 있는 구조였어요. 그 놀이터에서 좋은 기록을 내기 위해선 반드시 높게 점프한 다음 미끄럼틀을 넘어야만 했죠. 한 번의 점프로 미끄럼틀을 뛰어넘을 수 있

문제의
미끄럼틀

그네

느냐 없느냐, 여기서 그네 멀리 뛰기 실력이 판가름 났어요. 당시 전 덩치가 작아서 그네를 타는 힘은 약했지만, 대신 몸이 가벼워서 꽤 괜찮은 기록을 내고 있었어요. 문제는 제가 미끄럼틀을 넘을 용기가 없었다는 거예요. 다른 놀이터에선 훨씬 멀리 뛸 수 있는데, 유독 집 앞 놀이터에선 그 반도 가지 못했던 거죠. 그네에서 뛰려고 할 때면 앞을 가로막은 미끄럼틀에 코를 박는 모습이 자꾸 떠올랐어요. 두려움이 발목을 잡았죠. 아무리 연습해도 미끄럼틀을 넘을 수가 없었어요. 결국 놀이터를 평정하고 있던 4학년 형에게 도움을 구했어요. 그 형은 한 마리 새였거든요. 그네에서 어찌나 가볍고 우아하게 뛰는지, 미끄럼틀 따위는 안중에도 없다는 듯 허공을 지나 아주 멀리까지 날아가곤 했어요.

"눈 딱 감고 뛰뿌라!"

비법을 물어본 제게 형이 해 준 조언은 이게 다였어요. 말이야 쉽지, 그게 안 되니까 물어 본 건데…. 시간이 흐르자 차츰 미끄럼틀을 넘어가는 아이들이 늘어났어요. 전 여전히 제자리였고요. 만만하게 생각하던 옆집 동생마저 미끄럼틀을 넘게 되자, 도저히 참을 수가 없었어요. 하루는 작정하고 계속 그네를 탔어요. 될 때까지 뛰어 볼 참이었어요. 손바닥엔 물집이 잡히고, 착지할 때마다 모래가 튀어 옷이 엉망이 됐어요. 몇 번을 뛰어도 안 되더라고요. 정말 마지막이란 각오로 그네 판에 발을 디디며 자리를 잡는데, 뭔가 느낌이 달랐어요. 왠지 될 것 같다는 예감이 들었죠. 눈 딱 감고 뛰라는 형의 조언을 되새기며 발을 굴렀어요. 단숨에 제가 할 수 있는 최고 높이까지 그네를 밀어 올렸어요. 그리고 점프.

이번에는 평소처럼 몸이 굳지 않았어요. 정밀 눈 딱 감고 뛰어 버린 거예요. 제 몸은 허무할 정도로 손쉽게 미끄럼틀을 넘어가고 있었어요. 양발 사이로 거칠게 모래가 튀면서 땅에 착지하고 나서야 무슨 일이 벌어졌는지 알아챘어요. 드디어 미끄럼틀을 뛰어넘은 거예요. 제가 해 놓고도 믿을 수가 없어 다시 그네를 타고 뛰어 봤어요. 어떻게 됐을까요? 미끄럼틀을 넘는 게 정말 아무것도 아니더라고요. 도대체 지금까지 이걸 왜 못 했을까 의문이 들 만큼 쉬웠어요. 기쁨이 벅차올라 뛰고 또 뛰었죠. 전 미끄럼틀이 있다는 사실도 잊은 채 멀리멀리 날았어요.

언젠가 '창작을 이어가는 원동력이 무엇인가'라는 질문을 받은 적이 있어요. 저는 '결코 넘을 수 없다고 생각한 걸 넘어 본 경험'이라 대답했죠. 그 대답을 구체적으로 풀어 쓴 게 바로 그네 멀리 뛰기 이야기예요. 미끄럼틀을 넘었던 경험은 삶의 고비마다 제게 중요한 교훈

이 되었어요. 두려워하지 말자, 스스로 만든 한계에 갇히지 말자, 그러니 눈 딱 감고 해치워 버리자. 만약 그날의 점프가 없었더라면, 전 결코 2단 줄넘기를 성공하지 못했을 거예요. 인수분해 앞에서 수학을 포기하고 말았을 거고, 제가 진짜 하고 싶은 일을 찾게 해 준 작업실을 열지도 못했을 거예요. 그러면 결국 그림책 세상에 들어올 일도 없었겠죠.

스물일곱 살, 전 그림책에 흠뻑 빠져 있었어요.

매일 콘티를 짜고 그림을 그리느라 바빴죠. 누가 봐도 졸업을 앞둔 건축과 학생이 할 만한 행동은 아니었어요. 전 즐거움과 불안 사이를 오가고 있었어요. 그림책이 좋았지만 내 미래를 다 걸어 볼 만한 일인지 확신이 없었죠. 누군가 확인해 줄 사람이 필요했어요. 몇 개월간 만든 그림책 더미북을 파일로 모아 한 교수님께 메일로 보냈어요. 제 작품을 객관적으로 평가받고 싶단 부탁과 함께요. 무례한 부탁일 수도 있지만, 나름 미치도록 고민한 끝에 내린 결정이었어요. 취업과 전공을 다 포기하면서까지 매달린 일이었는데, 막상 부정적인 이야기를 들으면 힘이 빠져 버릴 것 같았어요. 메일을 보내 놓고도 몇 번이나 발송 취소 버튼을 누를 뻔했죠. 다행히 교수님은 현명한 판단을 내려 주셨어요. 직접 평가하는 대신 제 그림책을 여러 출판사에 보여 주신 거예요. 그리고 제 더미북을 봤던 출판사 중 한 곳에서 책을 계약하고 싶단 연락이 왔어요. 그렇게 첫 책《위를 봐요!》가 세상에 나왔고, 전 그림책 작가로 계속 살아갈 수 있겠다는 자신감을 얻었어요. 다 지나고 나서 알았어요. 그게 제 앞에 놓인 또 다른 미끄럼틀이었단 걸요.

그 뒤로 9년이 흘렀고, 전 여전히 그림책 작가로 살고 있어요. 하지만 그 과정이 생각했던 것만큼 쉽진 않았어요. 넘어야 할 게 한두 개가 아니었거든요. 당장 해결해야 할 생계 문제부터 편집 단계에서 출판사와 주고받는 미묘한 감정 싸움까지. 그림 작업의 강도와 양도 만만치 않았고요. 그림책 콘티를 끌어안고 밤을 지새운 게 대체 며칠인지. 그래도 지금까지 포기하지 않았던 건 제 마음을 굳게 잡아 준 단 한 번의 점프가 있었기 때문이에요.

사실 여전히 제 앞에는 넘어야 할 것들이 산재해 있어요. 책상에 놓인 원고와 계획표를 훑어봐요. 이미 날짜가 많이 밀린 작업도 있고, 그리기 어려운 일러스트 의뢰도 남았어요. 곧 다가올 도서전에 출품할 독립 출간물은 아직 아이디어조차 내지 못했고요. 이번 미끄럼틀은 어떻게 넘어가야 할지 벌써부터 고민이에요. 그래도 즐겁게 해 보려고요. 언제 두려웠냐는 듯 멀리멀리 날아 갈 날을 기다리면서요.

고흐와 해바라기

＊

꽃

제겐 다섯 살 터울의 누나가 있어요. 누나는 어릴 때부터 그림을 잘 그려서 온갖 사생 대회에서 상을 받아 오곤 했어요. 저희 집엔 누나의 그림과 상장으로 가득 채워진 벽이 있었죠. 누나가 주제인 상설 전시였어요. 전 누나에게 치기 어린 질투심을 느꼈지만, 한편으로 누나의 가장 열렬한 팬이기도 했어요. 부모님과 누나가 일터와 학원으로 떠나면 혼자 그 벽 앞에서 많은 시간을 보냈거든요. 벽에 붙은 그림을 하나씩 살피고, 붓이 지나간 흔적을 손가락으로 쓸어 보기도 하면서요. 누나의 그림 중에서 제가 가장 좋아했던 건 해바라기 그림이었어요. 화병에 담긴 해바라기 몇 송이가 힘없이 고개를 숙이고, 몇몇 꽃잎들은 바닥에 떨어져 있었죠. 화려한 색을 뽐내는 그림들 사이에서 유일하게 자존감이 낮아 보이던 그 꽃이 마음에 들었던 건 왜일까요? 잦은 수술로 메마르고 덩치가 작았던 그때의 저와 닮았기 때문일 거예요. 나중에 알게 됐어요. 사실 누나의 해바라기 그림은 모작이었단 걸요. 그리고 원래 〈해바라기〉의 주인은 빈센트 반 고흐라는 것도요.

Starry, starry night

Paint your palette blue and gray

Look out on a summer's day

With eyes that know the darkness in my soul

별이 빛나는 밤

당신의 팔레트를 파랑과 회색으로 칠하네

여름날 풍경을 내다보네

내 영혼의 어둠을 아는 그 눈으로

— 돈 맥클린, 〈Vincent〉 중에서

스물한 살에 저는 유럽으로 배낭여행을 떠났어요.

'스테리, 스테리 나잇'으로 시작하는 노래, 〈Vincent〉를 여행 내내 얼마나 들었던지. 유럽의 여름은 팔레트로 칠한 듯 온통 파란 빛이었고, 전 대책 없이 맑은 하늘 아래를 쏘다녔어요. 건축 답사라는 명목으로 출발한 여행이었지만 건물보단 자유로운 분위기에 취해 길거리에서 더 많은 시간을 보냈죠. 스위스에선 숙소가 없어 텐트를 빌려 잠들면서 삼겹살, 라면, 김치찌개 등 한국에 돌아가면 먹을 음식들을 적어 내려갔어요. 이탈리아 베네치아에선 기차가 노을을 배경으로 바다 위를 질주하는 모습에 넋이 나가 한참을 서 있었고요. 전혜린의 수필집을 들고 독일 슈바빙 거리를 걷고, 오스트리아 빈에서는 자전거로 모차르트 가발을 쓴 사람들 사이를 오갔어요. 주머니가 가벼워 매일 싸구려 감자튀김과 케밥으로 버티긴 했어도 정신은 어느 때보다도 충만했죠.

그리고 네덜란드 암스테르담에는 빈센트 반 고흐 미술관이 있었어요. 전 하루를 통째로 그곳에서 보냈어요. 고흐의 일본풍 판화와 꽃 그림들, 책상과 자화상, 책에서 보았던 그림들과 편지의 실물을 만난 감격은 지금도 잊지 못해요. 인상파 화가 특유의 붓 터치와 물감의 질감들은 실제로 봐야만 제대로 느낄 수 있더라고요. 저는 특히 〈해바라기〉 그림 앞에서 한참을 머물렀어요. 어릴 적 추억에 젖어 해바라기를 따라 그리고 있었거든요.

'잇츠, 굳'이던가, '잇츠, 파인'이던가. 누군가 제 옆에 앉더니 불쑥 말을 걸었어요. 고개를 돌려 보니 아까부터 전시장 동선이 겹치던 젊은 남자였어요. 제 그림에 흥미를 보이던 그는 이탈리아에서 온 사람이었어요. 이탈리아에서 나고 자랐지만 부모는 한국인이라 했죠. 아버지가 이탈리아에서 냉장고 사업으로 큰돈을 벌었고, 자신에게 사업을 물려주려고 하는데 그게 싫어서 도망쳐 나왔다고, 후줄근한 후드티를 입은 그 남자는 말했어요.

내가 그린
해바라기

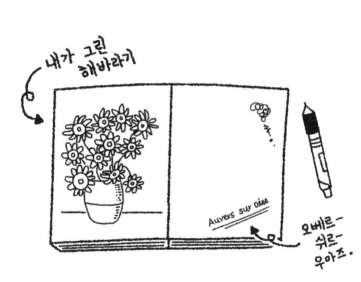

Auvers sur oise

오베르-
쉬르-
우아즈.

저는 어설프게 영어를 했고, 그는 어설프게 한국어를 할 줄 알아서 우린 〈해바라기〉 그림을 앞에 두고 많은 대화를 나눴어요. 그 남자가 그러더군요. 고흐를 좋아한다면 반드시 가 봐야 하는 곳이 있다고요. 그리고 볼펜을 들어 제 수첩에다 무엇인가 써 주었어요.

Auvers sur oise

"파리에서 기차로 한 시간이면 갈 수 있는 곳이야." 그가 말했어요. 저는 글자들을 읽어 보려 했지만, 도대체 어떤 발음인지 알 수 없었죠. 그가 천천히 읽어 줬어요. "오베르- 쉬르- 우아즈. 고흐가 죽은 마을이지."

그 말이 운명처럼 들렸어요. 마침 여행의 마지막 지점이 파리인데다, 원래 계획 외에 하루 정도 여유가 있었기 때문이에요. 전 무엇에 홀리듯, 마을 이름을 연달아 읊어 봤어요. 이후 파리에 도착하자마자 기차를 갈아타고 고흐의 무덤이 있는 오베르 쉬르 우아즈로 향했죠.

시간이 멈춘 마을. 기차에서 내린 순간부터 들었던 생각이에요.

오베르 마을 기차역은 고흐의 그림들로 채워진 나무 집이었어요. 긴 콧수염에 검은 제복을 입은 승무원이 초록색 책상에 앉아 졸고 있었어요. 삐걱거리는 바닥과 낡은 판자벽에 몇 번이나 덧발랐을 페인트 자국은 백 년 전 고흐가 이곳을 찾았을 때의 모습 그대로처럼 보였어요. 기차역 밖에 펼쳐진 마을 풍경도 마찬가지였어요. 이제 껏 방문한 유럽의 도시들은 고풍스런 매력과 현대적 감각을 동시에 느낄 수 있었지만, 이 자그마한 시골 마을은 달랐어요. 세상의 시계와 동떨어져 존재하는 별개의 장소였어요. 바닥에 깔린 돌들이 시간의 흔적을 말해 주듯 닳아서 반질거렸어요. 집집마다 담쟁이 넝쿨이 제멋대로 자라나고, 화단에는 아무렇게나 심은 빨간 꽃들이 피어 있었죠.

일요일이어서인지 마을에는 단 한 명의 사람도 보이지 않았어요. 고요한 시골길을 혼자 걷고 있자니, 문득 파리 기차역에 배낭을 맡기고 온 게 너무 후회가 됐어요. 사진기와 수첩을 다 두고 오는 바람에 온전히 눈과 마음으로만 풍경을 남겨야 했죠. 고흐의 그림 속에 등장한 교회, 계단과 정원, 밭과 하늘까지 모든 풍경이 그림과 똑같은 모습 그대로 남아 있었어요. 마을 전체가 고흐의 캔버스라 해도 과언이 아니었어요. 고흐가 오베르 마을에 머문 건 죽기 전까지 약 70일에 불과하지만, 그 짧은 기간 동안 고흐의 가장 뛰어난 작품 대다수가 나왔어요. 모델료가 없어 자화상을 40점도 넘게 그렸다는 화가는 이

곳에서 자신의 죽음을 예감했을 거예요. 그래서 마지막 불꽃을 태우듯 아낌없이 창작에 매진할 수 있었을 테고요. 암스테르담에서 만난 남자는 고흐의 무덤을 꼭 찾아보라고 일러 주었어요. 마을 곳곳에 세워진 표지판을 따라 걸었더니 금방 공동묘지에 도착할 수 있었어요. 돌 비석들 사이로 꽃 더미가 수북하게 쌓인 무덤이 보였어요. 전 단박에 고흐와 동생 테오의 무덤이란 걸 알아챘어요. 떨리는 마음으로 형제의 무덤에 다가갔어요.

가까이 가 보니 꽃이라 생각했던 건 바로 무더기로 쌓여 있는 편지들이었어요. 전 세계에서 보낸 온갖 색깔의 엽서와 편지들이 모여서 마치 꽃처럼 보였던 거죠. 저는 비석 위에 수북이 쌓인 편지를 보며 괜히 뭉클한 마음이 들었어요. 고흐는 자신이 이토록 사랑받을지 알고 있었을까? 한평생 형을 지지해 온 테오도 이걸 직접 볼 수 있다면 얼마나 좋아했을지. 슬쩍 편지를 살펴보니, 삐뚤빼뚤 어린이의 글씨체로 쓰인 한글 편지도 있었어요. 전 펜도 종이도 없었기에 그 자리에서 마음으로 고흐와 테오에게 편지를 썼어요. 당신들 무덤에 꽃처럼 보일 만큼 편지가 쌓여 있다고, 그 사랑이 잘 전달됐으면 좋겠다고 기도했죠. 형제의 무덤 곁에 서니 여러 생각들이 교차했어요.

모든 건 해바라기로부터 시작됐어요. 고흐와 〈해바라기〉 그림, 누나의 그림이 걸렸던 벽, 그리고 그 벽을 바라보던 어린 시절의 저를 생각했어요. 고흐의 무덤 앞에 한참을 서 있었는데, 이상하게도 오베르 마을에선 그 시간이 짧게 느껴졌어요. 뿐만 아니라 지금까지 살아온 제 인생마저도 우습게 보였죠. 어쩐지 시원하고 후련한 기분이었어요. 이제 막 어른이 된 저는 불안과 두려움을 안고 있었거든요. 겨우 스물한 살이 왜 그런 생각을 했는지 모르지만, 시간이 가져올 변화를 두려워하고 있었어요. 늙고 약해지는 것을 막연히 싫어했던 거죠. 그런데 이 마을에 와 보니 그게 아니란 걸 알게 됐어요. 백 년의 시간도 이 작은 마을을 바꾸지 못했으니까요.

다시 파리로 돌아와 배낭을 찾자마자 허겁지겁 수첩을 꺼냈어요. 오베르 마을에서 느낀 것들을 글로 남겨야 한다는 생각에 사로잡혔거든요. 펜을 들고 빈 곳을 찾아 종이를 넘기는데, 문득 해바라기 그림이 보였어요. 고흐의 해바라기도, 누나의 해바라기도 아닌 제가 그린 해바라기였죠. 거칠고 보잘 것 없지만 이건 적어도 제가 피운 꽃이라는 생각이 들었어요. 게다가 해바라기 옆엔 오베르 쉬르 우아즈란 글자가 적혀 있었죠. 암스테르담에서 만난 그가 써 준 글자였어요. 전 수첩에다 무엇을 더

할 필요가 없다는 걸 알게 됐어요. 해바라기와 고흐의 무덤이 있는 곳. 이것으로 나의 여행에서 표현할 만한 모든 것이 다 있는 셈이었죠. 햇빛 한 줌 못 받은 꽃이지만, 고향에 돌아오는 내내 수첩 속 해바라기는 저를 따뜻하게 했어요.

그림에 몰두해 새벽까지 깨어 있다 보면 마음이 간지러워질 때가 있어요. 누굴 깨우거나 전화를 걸 수도 없는 시간, 불쑥 찾아온 감정과 생각들을 풀어 놓고 싶어 허공에다 혼잣말을 하거나 아무 책 귀퉁이에다 적어 두기도 해요.

돌이켜 보니 지난 일 년 동안 이 간질간질한 마음으로 고 작가님께 편지를 썼어요. 허공에 떠도는 제 말들을 읽어 줘서 감사해요. 벌써 마지막 편지라니 믿을 수가 없네요. 안녕이란 말은 너무 힘들지만, 곧 다시 만나면서 반갑게 나눌 인사라고 생각할게요.

그럼 안녕히.

김순덕 씨에게

✳

못다 한 이야기

내가 명함을 가질 수 있었던 건 김순덕 씨 덕분이다.

나는 김순덕 씨를 강연 자리에서 만났다. 경험 많은 강연자는 강연이 끝나고 나올 질문의 개수를 대강 짐작할 수 있다. 유달리 눈을 반짝이며 이야기를 듣는 관객의 수와 거의 일치하기 때문이다. 작가인 내 경우는 이 숫자가 책에 사인을 요청할 사람들의 수이기도 하다. 그런 점에서 김순덕 씨는 예외적인 인물이었다. 내 수업을 집중해서 듣거나 질문을 하지도 않았지만 김순덕 씨는 사인을 받으러 나왔다. 그리고 이름을 물어보는 내게 책과 함께 명함을 한 장 건넸다. 플라스틱 보관함의 뚜껑을 열고 명함을 집어 내미는 그 일련의 동작들이 물 흐르듯 부드러워서 여러 번 반복하여 몸에 밴 것만 같았다. 문득 선거철이면 지하철역 앞에서 명함을 내미는 이들을 떠올렸는데, 자세의 정교함으로 따지자면 김순덕 씨의 승리였다. 나는 명함을 소중히 받아 들었다.

우아하게 건넨 손길과는 다르게 명함에는 일종의 황량함이랄까, 무인의 기개 같은 게 있었다. 김순덕, 196x년생. 이게 명함의 전부였다. 직책도, 직함도, 회사명도, 주소도, 전화번호도, 팩스도, 메일 주소도 없이 1960년대생 김순덕 씨만 오롯이 거기 있었다. 세상 그 누가 뭐라 해도 나는 김순덕이다. 명함에는 그런 자존심과 결기가 서려 있었다. 실례가 될 수 있다는 걸 깨닫지 못하고 명함을 뒤집어 봤다. 아마 그 명함을 받았다면 누구라도 그리 했으리라. 놀랍게도 뒷면에는 또 김순덕 씨가 있었다. 이름과 생년이 양면으로 인쇄된 명함이었다.

"혹시 헷갈릴까 봐 뒤도 똑같이 팠어요."

명함을 돌려 본 내게 김순덕 씨는 말했다. 무엇이 헷갈린단 걸까. 아, 혹시 명함을 꺼낼 때 뒤집혀 빈 종이만 보이는 민망한 실수를 방지하려던 것일까. 나는 황급히 명함을 내려 두고 책에다 김순덕이란 이름을 적었다. 한 획 한 획, 최대한 정성을 쏟았다. 이 명함 앞에선 왠지 그래야 할 것 같았다. 이름 아래에 작은 그림도 그렸다. 매번 그리던 헤엄치는 아이의 그림이었는데, 김순덕 씨의 이름 아래에 있으니 평소와 달라 보였다. 김순덕 씨의 책에는 수영장이 아니라 광활한 바다에서 거친 파도를 뚫고 전진하는 고독한 아이가 남았다. 그림을 그리는 동안 명함에 얽힌 사연을 들을 수 있었다.

김순덕 씨는 남편도 자식도 명함이 있는데 평생 열심히 살아온 자신에게만 명함이 없다는 사실을 문득 깨달았다. 그래서 아들에게 부탁해 명함을 주문했는데, 영업용으로 사용할 게 아니니 이름 석 자만 잘 보이도록 했다는 것이다. 나는 사인을 끝내고 책을 돌려 드렸다. 김순덕 씨는 책을 받아 인사한 후, 강당 밖으로 걸어 나갔다. 아주 짧은 마주침이었지만 나는 평생 김순덕 씨를 잊지 못할 것이다. 그 명함에는 그런 힘이 있었다.

김순덕 씨를 만날 때까지 나는 명함이 없었다. 사실 작가들도 명함이 필요한 상황이 종종 있다. 명함이란 기본적으로 기브 앤 테이크니까. 한쪽이 꺼내면 반대편도 반드시 꺼낸다. 마치 총잡이의 규율 같은 이 사회적 관습을 나는 애써 외면해 왔다. "명함을 두고 와서요." 하며 어색한 웃음을 지은 게 몇 번이던가. 나는 받기만 하고 주질 않는 명함계의 비상식인이었다. 명함을 만들지 않았던 것은 그 안에 채워 넣을 만한 걸 갖고 있지 않았기 때문이고, 또 작가라는 호칭이 부담스러웠기 때문이다. 나는 스물여덟에 그림책 작가로 데뷔했다. 졸업식이 끝나고 일주일 뒤에 첫 책을 택배로 받는데, 배송된 책을 꺼내면서 아직도 난 알몸이란 생각이 들었다. 출근용 정장 대신 작가란 옷을 받았지만, 여전히 입기를 망설이고 있는 상태랄까. 그래서 첫 책의 소감은 기쁨보다는 얼떨떨한 감정에 가까웠다. 편집자들이 나를 '작가님' 혹은 '선생님'이라 부르는 것도 참 어색했다. 내가 감히 그렇게 불려도 되는 걸까? 스스로를 작가로 인정하기까지 그 뒤로도 꽤 오랜 시간이 걸렸다.

김순덕 씨는 내게 큰 깨달음을 주었다. 그저 내 이름 석 자면 충분한 것을 뭘 그리 망설였는지. 정진호, 1987년생. 나도 이렇게 적을까 생각하다가 저작권에 민감한 내 직업 윤리관이 발동했다. 게다가 김순덕 씨만큼 숙달된 자세로 명함을 꺼내 들 자신도 없었고 연륜도 턱없이 부족했다. 타협하여 그림책 한 장면을 골라 배치하고, 작가라는 호칭은 뺀 채로 이름만 넣었다. 여차하면

'전 이 그림을 그린 사람입니다.'라고 소개할 수 있을 테니까. 디자인이 결정되고 제작 업체에 견적을 문의했다. 명함 디자인 예시에 포함된 직책도, 직함도, 회사명도, 주소도, 팩스도, 로고도 없었지만 좋은 명함이 되리란 예감이 들었다.

그렇게 처음으로 만들었던 명함 400장이 얼마 전에 똑 떨어졌다. 평생 쓸 거라 생각했는데, 고작 4년 만에 다시 명함이 없는 상태로 돌아왔다. 메일함을 뒤져 이전에 맡겼던 제작 업체를 찾았다. 이번에 새로 1000장을 주문하며 다짐했다. 이것마저 다 쓴다면 그땐 정말 이름만 넣어서 만들자고. 김순덕 씨가 이 글을 읽게 될지 모르겠지만 이 말을 꼭 전하고 싶다.

김순덕 씨 덕분에 명함을 만들 수 있었습니다.
더해서 삶을 대하는 태도, 자신을 바라보는 자세를 배웠습니다.
감사합니다.

꿈의 근육

정진호 글·그림

1판 1쇄 펴낸날 2022년 6월 25일

펴낸이 이충호 | 펴낸곳 길벗어린이(주)

등록번호 제10-1227호 | 등록일자 1995년 11월 6일

주소 04000 서울시 마포구 월드컵북로 45 에스디타워비엔씨 2F

대표전화 02-6353-3700 | 팩스 02-6353-3702

홈페이지 www.gilbutkid.co.kr

편집 송지현 임하나 이현성 황설경 김지원 | 디자인 김연수 송윤정

마케팅 호종민 신윤아 김서연 이가윤 이승윤 강경선

총무·제작 최유리 임희영 김혜윤

ISBN 978-89-5582-651-7 04810, 978-89-5582-649-4 (세트)